AF596455

Le Royaume Imaginaire Des Enfants

LE GRASSE Roger-Pierre

Imprimé par : **Imprimerie sous contrat avec Amazon, Inc.**
Dépôt Légale : **Mars 2023**
ISBN : **978-2-493146-08-3**
Prix : **15,00 €**

LE GRASSE ROGER-PIERRE – 36 RUE DU MAGASIN – 45130 EPIEDS-EN-BEAUCE – FRANCE

DÉDICACE

À tous ceux qui ont gardé leur âme d'enfant et qui continuent de croire en la puissance de l'imagination, ce livre vous est dédié. Puissiez-vous trouver dans ces pages une échappatoire vers un monde où tout est possible et où les rêves deviennent réalité. Merci de croire en la magie de l'écriture.

TABLE DES MATIÈRES

REMERCIEMENTS

Je tiens à remercier du fond du cœur ma famille pour leur soutien inconditionnel tout au long de la création de ce roman. Votre amour et votre soutien ont été ma source d'inspiration et m'ont permis de poursuivre mes rêves.

Un immense merci également à Stephanie Marie Hylard, pour son aide précieuse et ses conseils qui ont été d'une grande aide et ont permis de rendre ce roman encore meilleur.

Je suis également reconnaissant envers mes amis qui m'ont encouragé et soutenu tout au long de cette aventure. Votre soutien et vos encouragements ont été une source de motivation importante.

Enfin, je voudrais remercier tous ceux qui m'ont soutenu à la réalisation de ce livre, que ce soit de près ou de loin. Sans votre aide, ce projet n'aurait pas été possible.

Merci à tous pour votre soutien et votre amour.

1 – AVANT L'HISTOIRE.

Slidewater est une petite ville du sud des États-Unis située dans l'état de Géorgie. Elle compte environ 10 000 habitants et est caractérisée par son atmosphère paisible et chaleureuse. La ville est offerte par une nature verdoyante et est bordée par une rivière qui traverse la ville et lui donne son nom.

Le centre-ville est typique des petites villes américaines, avec des rues bordées de maisons de style colonial, des commerces locaux, et une ambiance de quartier. Il y a un parc public avec une aire de jeux, des bancs pour s'asseoir et un étang où l'on peut pêcher. Les habitants se connaissent souvent entre eux et les voisins se saluent avec amitié.

Il y a une école primaire et une école secondaire dans la ville, toutes deux avec une taille modeste, où les élèves sont connus par leurs prénoms et reçoivent une éducation de qualité. La ville est fière de son équipe de football local qui rassemble les habitants lors des matchs à domicile.

La ville dispose également d'un petit hôpital, d'une bibliothèque, d'un musée local, d'une église, d'un bureau de poste, d'un supermarché, d'une pharmacie et de quelques restaurants locaux. Il y a un cinéma en plein air qui est ouvert pendant les mois d'été.

Slidewater est une ville paisible et accueillante qui offre une qualité de vie agréable à ses habitants. Les traditions locales sont fortes et les habitants sont fiers de leur ville. Les événements locaux, tels que les fêtes de la ville, les célébrations de Thanksgiving et de Noël, sont des moments forts pour rassembler la communauté et renforcer les liens sociaux.

Walter est un jeune garçon de 14 ans qui vit dans la petite ville de Slidewater, située dans l'État de Géorgie aux États-Unis. Il mesure environ un mètre soixante-cinq et pèse environ 60 kilos. Walter a des cheveux brun foncé, des yeux verts et une peau claire. Il a un visage fin et des traits réguliers. Il est en bonne santé, mais il est assez mince et manque de muscle.

Walter est actuellement en 9e année, ce qui correspond à la deuxième année de lycée aux États-Unis. Il fréquente le lycée de Slidewater, qui est le seul établissement secondaire de la ville. Walter a toujours été un élève moyen en ce qui concerne les résultats scolaires. Il n'a pas de difficulté majeure dans les matières, mais il ne se distingue pas non plus. Ses matières préférées sont l'histoire et la littérature, tandis que les mathématiques sont une de ses matières les plus faibles.

Walter est un jeune garçon introverti et réservé. Il n'a pas beaucoup d'amis à l'école et ne participe pas aux activités parascolaires. Il passe la plupart de son temps libre à lire ou à jouer à des jeux vidéo, ce qui est une source d'évasion pour lui. Il a du mal à s'ouvrir aux autres et à nouer des relations profondes avec les gens. Walter a une relation plutôt éloignée avec ses parents, bien qu'il les respecte et les apprécie. Il se sent souvent seul et isolé, ce qui le pousse à chercher des moyens de se distraire et de se divertir seul.

Les parents de Walter s'appellent John et Mary. John est un homme d'affaires et Mary est avocate. Ils travaillent tous les deux à Atlanta, la ville voisine de Slidewater, et doivent souvent partir tôt le matin et rentrer tard le soir. Ils essaient autant que possible de passer du temps avec leur fils le week-end et pendant les vacances, mais leurs activités professionnelles les rendent tous deux très occupés. John est un homme grand et élégant, avec des cheveux bruns et des yeux verts. Mary, quant à elle, est plus petite que son mari, mais une personnalité forte. Elle a des cheveux blonds courts et des yeux bleu vif. Malgré leur emploi du temps chargé, ils essaient de donner à leur fils tout ce dont il a besoin pour réussir dans la vie. Ils sont fiers de sa réussite scolaire et l'encouragent à poursuivre ses rêves et ses passions.

2 – LA BAGARRE.

Walter se réveille lentement, tenté de se débarrasser de la fatigue accumulée de la nuit précédente. Il se frotte les yeux et se redresse pour se lever de son lit. Il jette un coup d'œil sur l'horloge murale et réalise qu'il est en retard. Il se dépêche de sortir de son lit et se dirige vers la salle de bain pour se brosser les dents et prendre une douche rapide. Pendant qu'il se lave, il ne peut s'empêcher de penser à la journée à venir.

Il est en 9e année et cette année est très importante pour lui, car il doit commencer à réfléchir de manière simplifiée à son avenir et à ses choix d'études supérieures. Il se sent un peu stressé et anxieux à l'idée de devoir prendre de telles décisions, mais il essaie de garder un état d'esprit positif.

Walter quitte la salle de bain, encore en train de se sécher les cheveux avec une serviette. Il se dirige vers sa chambre pour s'habiller. Il faut une tenue simple : un jeans et un sweat-shirt, et enfile ses chaussures de sport. Il se sent prêt à affronter la journée à venir.

Walter descend dans la cuisine où son père est en train de préparer le petit-déjeuner. Il sourit en voyant son fils et lui donne un rapide coup de main pour préparer un bol de céréales et une tranche de pain grillé. Mary, la mère de Walter, est déjà partie pour son travail, mais elle laisse toujours une petite note pour encourager son fils et lui souhaiter une bonne journée.

Walter s'assoit à la table de la cuisine pour prendre son petit-déjeuner et discuter avec son père. John lui demande, comment s'est passé sa nuit et s'il est prêt pour l'école. Walter répond brièvement, tenté de ne pas laisser transparaître son stress. John semble remarquer l'expression fatiguée de son fils et lui demande s'il y a quelque chose qui ne va pas. Walter secoue la tête et répond que tout va bien.

Après avoir fini son petit-déjeuner, Walter se lève de la table et se dirige vers la porte d'entrée.

John le suit et lui donne une accolade chaleureuse avant de lui souhaiter à son tour une bonne journée. Walter ouvre la porte et se dirige vers l'arrêt de bus, prêt à affronter les défis de la journée.

Alors que Walter monte dans le bus pour se rendre au lycée, il ressent une boule dans l'estomac. Il sait qu'il doit passer un examen important aujourd'hui et cela le rend un peu anxieux. Pendant le trajet en bus, il regarde par la fenêtre et observe les rues de Slidewater défiler devant lui. Il essaie de se concentrer sur la beauté des rues, des maisons, des arbres et des jardins qu'il voit, mais son esprit ne cesse de revenir sur l'examen qu'il doit passer.

Lorsqu'il arrive à l'école, Walter rejoint son groupe d'amis habituel avec lequel il discute et plaisante. Il essaie de se mettre dans l'ambiance, mais il ne peut pas s'empêcher de penser à l'examen qui l'attend. Ses amis remarquent qu'il est un peu silencieux et demandent s'il y a quelque chose qui ne va pas. Walter leur explique qu'il est nerveux à l'idée de passer cet examen important.

Ses amis essaient de le rassurer en lui disant qu'il est intelligent et qu'il a étudié pour cet examen. Ils l'encouragent également en lui disant que s'il a des problèmes, ils sont là pour l'aider.

Cela réconforte un peu Walter, mais il reste inquiet à propos de l'examen.

Une fois qu'ils ont pris leurs livres dans leurs casiers respectifs, Walter et ses amis se dirigent vers leur première heure de cours. Leurs conversations sont animées et ils plaisantent joyeusement tout en marchant dans les couloirs. Cependant, Walter reste un peu en retrait et écoute plus qu'il ne parle. Il se sent toujours anxieux et préoccupé.

Les amis de Walter remarquent immédiatement qu'il n'est pas dans son état habituel. Ils le saluent avec enthousiasme, mais Walter ne répond pas comme d'habitude, il se contente de leur sourire faiblement en réponse. Ses amis sont conscients qu'il y a quelque chose qui ne va pas, alors ils lui demandent s'il y a un problème. Walter hésite un moment avant de leur expliquer qu'il a un examen important aujourd'hui et qu'il est nerveux à ce sujet. Ses amis se montrent compréhensifs et lui donnent des encouragements, affirmant que s'il a travaillé dur, il réussira.

Cependant, Walter est trop absorbé dans ses propres pensées pour vraiment écouter ce que ses amis ont à dire. Il regarde autour de lui de manière distraite, observant les autres étudiants alors qu'ils se préparent pour la journée. Il a l'impression que tout le monde est en train de parler et de rire, mais il ne peut pas s'empêcher de se sentir isolé et seul. Il a l'impression que personne ne peut comprendre la pression qu'il ressent pour réussir.

Walter a essayé de se convaincre que tout ira bien, mais il est submergé par l'anxiété et les doutes. Il a l'impression que s'il ne réussit pas cet examen, cela pourrait compromettre son avenir. Ses amis continuent de lui dire qu'il va bien s'en sortir, mais il n'arrive pas à se calmer. Il a l'impression que les heures avant l'examen s'écoulent lentement et que chaque minute est une torture.

Finalement, l'heure de l'examen arrive, et Walter doit se concentrer sur la tâche à accomplir. Il se dirige vers sa salle de classe avec un mélange de crainte et de détermination. Ses amis le saluent avec des sourires d'encouragement, mais il est trop concentré sur l'examen pour leur répondre.

Walter entre dans la salle d'examen, pour essayer de se calmer avant de prendre sa place. Il regarde autour de la pièce, évaluant les élèves qui sont silencieux, se demandant combien d'entre eux sont aussi nerveux que lui. Puis, l'enseignant commence à distribuer les copies de l'examen et tout le monde se plonge dans le silence.

Après quelques heures, les résultats de l'examen arrivent. Walter se sent soulagé de l'avoir passé et a hâte de voir comment il s'est débrouillé. Cependant, lorsqu'il reçoit sa note, il se rend compte qu'il a obtenu une note moyenne. Walter se sentait un peu découragé, mais il se rappelle que cet examen était particulièrement difficile et qu'il a travaillé très dur pour s'y préparer. Il réalise qu'il doit être fier de sa performance et qu'il peut utiliser cette expérience pour s'améliorer à l'avenir.

Alors qu'il se dirige vers son casier pour ranger ses affaires, Stephan, un élève de sa classe, s'approche de lui et se moque de sa note.

Stephan: Ha ! Regardez qui est là, le raté de la classe ! Alors, comment tu t'en es sorti à l'examen, Walter ?

Walter : (fronçant les sourcils) Tu n'as pas besoin de te moquer de moi, Stephan. Ma note ne définit pas qui je suis en tant que personne.

Stephan: (riant) Oh, mais bien sûr que si ! Tu es juste un perdant qui ne peut pas réussir quoi que ce soit.

Walter : (les poings serrés) Arrête de dire ça ! J'ai travaillé pendant cet examen, et même si j'ai obtenu une note moyenne, je suis fier de moi, car j'ai fait de mon mieux.

Stephan: (continuant de rire) Tu es pathétique. Tu n'arriveras jamais à rien dans la vie.

Walter : (respirant profondément) Tu ne sais rien de moi, Stephan. Je suis capable de réussir tout ce que je veux si je travaille assez fort. Au lieu de te moquer de moi, tu ferais mieux de te concentrer sur tes propres affaires.

Stephan: (continuant de rire) Tu es le plus grand crétin de l'état de Géorgie mon pauvre.

Walter : (de plus en plus en colère) Tu ne sais rien de moi, Stephan. Tu ne sais pas ce que je suis capable de faire. Tu n'as pas le droit de me juger comme ça !

Stephan: (se moquant) Oh, écoutez-le ! Il essaie de se défendre, mais tout ce qu'il peut faire, c'est bafouiller.

Walter : (hors de lui) Tu vas arrêter de te moquer de moi tout de suite ! (Il pousse Stephan, qui tombe sur le sol)

Stephan: (furieux) Comment oses-tu me toucher, espèce de loser ? (Il se relève et pousse

Walter en retour)

La situation dégénère rapidement et une bagarre éclate entre Walter et Stephan. Les autres élèves de la classe s'emparent de l'occasion pour se rassembler autour des deux garçons et regarder le spectacle.

Walter : (prenant un coup de poing) Aïe ! (Il riposte en donnant un coup de pied à Stephan)

Stephan: (évitant le coup et se précipitant sur Walter) Je vais te montrer qui est le patron ici ! (Il commence à donner des coups de poing à Walter)

La bagarre entre Walter et Stephan s'est rapidement intensifiée. Les deux garçons se sont attrapés et ont commencé à se donner des coups de poing et de pied. Walter avait la rage au ventre, tandis que Stephan continuait à le provoquer et à le rabaisser. Les autres élèves qui se sont agglutinés dans le couloir ont essayé de les séparer, mais en vain.

Soudain, Stephan a donné un coup de poing violent à Walter qui l'a fait vaciller. Walter a heurté la fontaine à eau qui s'est trouvée derrière lui et a perdu l'équilibre. Sa tête a heurté le rebord de la fontaine avant qu'il ne s'effondre sur le sol.

Les cris et les hurlements ont fourni l'attention des autres élèves qui se sont précipités vers le lieu de l'incident. Certains sont restés immobiles, choqués par la scène, tandis que d'autres ont immédiatement couru chercher de l'aide. Le professeur de mathématiques qui patrouillait dans les couloirs ce jour-là a été l'un des premiers à arriver sur les lieux de l'incident. Il a appelé les secours et a ordonné aux autres élèves de se calmer et de reculer pour laisser de l'espace aux professionnels de santé.

Pendant ce temps, Walter était allongé sur le sol, immobile et inconscient. Son visage était pâle et sa respiration était faible. Les élèves qui étaient restés près de lui ont tenté de le réanimer en lui donnant des claques sur les joues et en tenter de le faire revenir à lui. Mais leurs efforts n'ont rien donné. Tout le monde était sous le choc et craignait pour Walter.

Heureusement, les secours sont arrivés rapidement sur place, accompagnée d'une ambulance et d'une équipe médicale compétente. Ils ont immédiatement pris en charge Walter et l'ont transporté à l'hôpital de Slidewater pour une intervention urgente. Les autres élèves, encore sous le choc, ont suivi les secours avec les yeux, inquiets de l'état de leur camarade.

Cet incident a laissé tout le monde en état de choc et a rappelé à tous les élèves les conséquences graves que peuvent avoir les actes de violence. La nouvelle de l'incident s'est rapidement propagée dans l'école, causant un grand choc parmi les élèves et les enseignants. Les parents de Walter ont été informés de l'incident et se sont rendus à l'hôpital pour être à ses côtés. Les professeurs et les autorités scolaires ont organisé des réunions pour discuter de l'importance du respect mutuel et de la nécessité d'adopter des comportements responsables et de respecter les autres.

En attendant, Walter est resté plongé dans un profond sommeil. Les médecins ont fait tout leur possible pour le réveiller, mais il était toujours dans le coma.

Walter a été immédiatement admis en soins intensifs. Les médecins ont effectué plusieurs examens pour déterminer l'étendue des dommages par la chute de Walter, mais il était trop tôt pour établir un diagnostic précis. Les parents de Walter étaient effondrés et terrifiés à l'idée de perdre leur fils unique. Ils se demandaient si c'était de leur faute. Ils n'avaient pas été plus présents pour lui et ils n'avaient pas remarqué les signes avant-coureurs du harcèlement que leur fils subissait.

Le médecin leur a expliqué que Walter était dans le coma et qu'il serait suivi de près par les soignants. Le médecin spécialisé en neurologie-urgentiste, le docteur. Williams entra dans la salle d'attente de l'hôpital. Mary et John, les parents du jeune Walter, se levèrent de leur siège, anxieux de connaître l'état de santé de leur fils Walter.

Docteur Williams : Bonjour madame et monsieur Jones. Je suis le docteur Williams, neurologue-urgentiste responsable de Walter. Je suis désolé de vous informer que l'état de votre fils est très préoccupant. Il est dans un coma profond suite à une lésion cérébrale traumatique causée par une bagarre.

Mary : Oh, mon Dieu, est-ce que cela signifie que Walter ne va pas se réveiller ?

Nous ne pouvons pas prédire l'avenir, mais il est important que vous sachiez que son cerveau a subi des dommages importants. Nous avons procédé à une intervention chirurgicale pour réduire la pression intracrânienne, mais il y a encore beaucoup de travail à faire. Réponds le neurologue-urgentiste.

Que devons-nous faire maintenant,

docteur ? Questionne le père de Walter.

Docteur Williams : Nous allons garder Walter sous surveillance étroite et le maintenir sous sédation pour réduire son activité cérébrale et permettre à son cerveau de guérir. Nous allons également effectuer des tests réguliers pour surveiller son activité cérébrale et nous assurer qu'il n'y a pas d'autres complications.

Mary : Et s'il ne se réveille pas ? Que se passe-t-il ensuite ?

Docteur Williams : Si Walter ne se réveille pas, il pourrait être dans un état végétatif ou un état de conscience minimale. Nous continuerons à fournir des soins de soutien pour assurer son confort et sa qualité de vie, mais il est important que vous sachiez que cela pourrait être un long voyage pour vous et votre famille.

John : Nous ferons tout ce qui est nécessaire pour Walter. Nous sommes prêts à le soutenir, peu importe ce qui se passe.

Mary : C'est notre fils, nous l'aimons et nous voulons qu'il aille mieux.

Docteur Williams : Je comprends et je suis là pour vous aider à traverser cette période difficile. Nous allons tout faire pour aider Walter à récupérer, mais je veux que vous soyez préparés à toutes les possibilités.

Les parents de Walter hochèrent la tête, les larmes aux yeux, les émotions les submergeant. Ils savaient que leur fils avait besoin de leur soutien et qu'ils étaient prêts à faire tout ce qu'il fallait pour lui. Le docteur Williams leur assura qu'il ferait tout ce qui était en son pouvoir pour aider Walter à guérir.

Les parents de Walter ont passé les premières heures à l'hôpital à son chevet, priant pour que leur fils se réveille bientôt. Ils se sont demandé ce qu'ils pouvaient faire pour aider leur fils, comment ils pouvaient le sortir de cette situation ? Les émotions étaient fortes, et le père de Walter a finalement brisé le silence.

« Penses-tu que c'est de notre faute ? », a-t-il demandé à sa femme.

« De notre faute ? » a-t-elle répété, le regard perdu dans le vide. « Comment ça pourrait être de notre faute ? »

« Nous aurions peut-être dû remarquer quelque chose, faire plus attention à notre fils », a-t-il expliqué, le visage grave.

« Nous avons fait de notre mieux », a répondu la mère de Walter. « Nous l'avons toujours soutenu, mais nous ne pouvions pas prévoir cela. C'est Stephan et les autres qui ont fait ça, pas nous. »

Les parents de Walter étaient plongés dans une profonde tristesse. Ils ne pouvaient pas croire que leur fils était dans le coma. Les larmes coulaient sur leurs visages alors qu'ils se réconfortaient mutuellement. Ils se demandaient comment ils allaient faire face à cette situation et comment ils allaient trouver la force de continuer.

Au fil des heures, ils ont échangé des histoires et des souvenirs de leur fils. Ils ont parlé de sa personnalité, de ses goûts, de ses rêves et de tout ce qui le rendait unique. Ils se sont remémoré les moments heureux passés ensemble, comme les vacances en famille, les sorties au parc, les anniversaires, les Noëls et les soirées cinéma.

En parlant de leur fils, ils ont compris qu'il était maintenant plus que jamais temps de rester unis et de soutenir Walter. Ils se sont promis de faire tout ce qui était en leur pouvoir pour aider leur fils à traverser cette épreuve difficile. Ils ont décidé de mettre de côté leurs différences et de travailler ensemble pour trouver une solution.

Malgré leur peine, ils ont essayé de rester positifs et de garder espoir. Ils ont prié pour que leur fils se rétablisse rapidement et ont demandé à leurs amis et à leur famille de faire de même.

Finalement, les parents de Walter ont réalisé que leur amour pour leur fils était plus fort que tout. Ils étaient déterminés à rester forts et à être là pour leur fils, peu importe ce qui allait se passer.

Les parents de Walter ont finalement été autorisés à voir leur fils, qui était toujours dans le coma. En entrant dans la chambre d'hôpital, ils ont été choqués de voir Walter branché à divers appareils et tubes, et de voir son visage si pâle et immobile. Ils ont retenu leurs larmes et ont pris place à côté de son lit.

Les médecins leur ont expliqué que Walter avait subi une grave commotion cérébrale et qu'il était dans un état critique. Ils ont déclaré qu'ils ne pouvaient rien garantir quant à son rétablissement et qu'ils devaient être prêts à affronter toutes les éventualités face aux dommages que leur fils pourrait avoir par la suite.

Les parents de Walter ont passé des jours à l'hôpital, attendant que leur fils se réveille.

Pendant ce temps, ils ont prié et espéré que leur fils se rétablirait bientôt. Ils ont également reçu le soutien de leurs amis et de leur famille, qui ont continué à leur apporter de la nourriture et des encouragements.

Pendant ces jours difficiles, les parents de Walter ont réalisé que la vie était fragile et que chaque moment était précieux. Ils ont commencé à se concentrer sur les moments heureux qu'ils avaient passés ensemble avec leur fils et ont commencé à envisager un avenir où il se rétablirait complètement. Ils ont également commencé à chercher des moyens de soutenir Walter lorsqu'il sortirait de l'hôpital.

Les jours se sont transformés en semaines et les semaines en mois, mais Walter n'a toujours montré aucun signe de réveil. Les parents ont commencé à se demander si leur fils ne se réveillerait jamais et ont commencé à envisager la pire des situations.

Ils ont commencé à rechercher des informations sur les options de soins palliatifs, craignant que leur fils ne souffre inutilement. Cependant, ils n'ont jamais abandonné l'espoir que Walter se réveille un jour.

Les parents ont également commencé à

remarquer que de nombreux élèves du lycée de Walter ont rendu des visites à l'hôpital pour prendre des nouvelles de leur ami. Ils ont été touchés par la solidarité de la communauté et ont été reconnaissants pour leur soutien. Ils ont passé du temps à parler aux amis de Walter, partageant des souvenirs de leur fils et échangeant des histoires sur leur amitié avec lui.

Pendant ce temps, les parents de Walter ont également pris des décisions difficiles, notamment en ce qui concerne la poursuite des soins médicaux de leur fils. Ils ont décidé de continuer les soins intensifiés, même si cela signifiait une facture d'hôpital en constante augmentation. Ils savaient que leur fils était très aimé et voulait donner à Walter toutes les chances de survie.

Malgré l'incertitude et la douleur qu'ils ressentaient, les parents de Walter ont continué à être unis et à soutenir leur fils. Ils ont gardé espoir et ont prié pour que leur fils se rétablisse un jour.

Pendant ce temps, des professeurs à leurs tours se sont reliés régulièrement à l'hôpital pour prendre de ses nouvelles. Certains d'entre eux étaient des professeurs qui enseignés à Walter, tandis que d'autres le connaissaient simplement de vue. Ils étaient tous touchés par l'accident de

Walter et voulaient montrer leur soutien à sa famille.

Lorsqu'ils arrivaient à l'hôpital, les parents de Walter les accueillaient chaleureusement. Les élèves et les professeurs demandaient souvent comment se portait Walter et s'inquiétaient de son état. Les parents leur expliquaient honnêtement la situation, en leur disant que leur fils ne montrait toujours aucun signe de réveil.

Les élèves et les enseignants du lycée étaient tristes d'entendre cela, mais ils restaient positifs et espéraient que Walter se rétablirait bientôt. Ils ont offert leur aide et leur soutien à la famille de Walter, en leur disant qu'ils étaient là pour eux dans ces moments difficiles.

Les parents de Walter ont été touchés par leurs gentillesses et leur soutien. Cela leur a donné de l'espoir et leur a permis de voir que leur fils avait touché la vie de nombreuses personnes.

Pendant ce temps, les parents ont commencé à réfléchir à la manière dont ils pourraient aider leur fils lorsqu'il sortirait de l'hôpital. Ils ont commencé à chercher des thérapies alternatives et à se renseigner sur les programmes de réadaptation. Ils savaient que la route vers le rétablissement de Walter serait longue et difficile, mais ils étaient prêts à tout mettre en œuvre pour soutenir leur fils.

Les parents de Walter ont contacté des spécialistes dans le domaine de la réadaptation et ont prévu une série de séances de thérapie pour Walter dès qu'il serait sorti de son coma. Ils ont également commencé à étudier des programmes de réadaptation plus intensifs qui pourraient être nécessaires pour Walter dans le cas où il ne se réveillerait pas rapidement.

Pendant ce temps, les amis de Walter du lycée ont continué à venir prendre des nouvelles de lui à l'hôpital. Ils ont été choqués de voir leur ami dans un tel état et ont été très préoccupés par son état de santé. Les parents de Walter ont été touchés par le soutien de ces jeunes gens et ont trouvé du réconfort dans le fait que leur fils avait des amis qui se souciaient autant de lui.

Les parents ont également commencé à parler à des groupes de soutien pour les familles ayant des proches plongés dans un coma, cherchant des conseils sur la meilleure façon de soutenir leur fils et de faire face à la situation difficile dans laquelle ils se distinguent.

Ils ont réalisé que le chemin vers le rétablissement de Walter serait long et difficile, mais ils étaient déterminés à tout faire pour aider leur fils à vaincre cette épreuve. Ils ont continué à prier pour son rétablissement et à espérer que leur fils se réveillerait bientôt.

3 – LE MONDE IMAGINAIRE.

Lorsque Walter se réveilla, il a été surpris de se retrouver dans un monde totalement différent. Il regarda autour de lui, émerveillé. Les bâtiments étaient identiques à ceux qu'il avait connus dans le monde réel, mais il y avait quelque chose d'étrange dans la façon dont tout fonctionnait. Les enfants qu'il avait vus courir dans les rues étaient occupés à des tâches que les adultes feraient normalement : certains étaient en train de construire des maisons, d'autres travaillaient dans des jardins ou dans des fermes, tandis que d'autres encore vendaient des marchandises sur les marchés locaux.

Tout semblait bien organisé et les enfants

travaillaient ensemble avec une grande efficacité. Cela présentait à Walter l'impression que ce monde était réel, mais d'une manière différente de tout ce qu'il avait connu auparavant. Il remarque que les enfants semblaient tous heureux et insouciants, comme s'ils n'avaient aucun souci dans le monde.

En explorant davantage ce monde, Walter commença à remarquer des détails qui le rendaient encore plus étrange. Les panneaux de signalisation étaient tous écrits en langues étranges et inconnues, mais il pouvait les comprendre sans problème. Les animaux qu'il voyait étaient différents de ceux qu'il connaissait, mais il pouvait les nommer sans effort. Tout semble presque normal, mais avec des différences subtiles et étranges.

Walter se demandait ce qui avait pu arriver pour que les enfants soient les seuls à travailler et à diriger ce monde. Il cherchait désespérément un moyen de comprendre ce qui se passait, mais il ne comprenait pas et ne trouvait pas de réponse. Il était intrigué par ce monde imaginaire et voulait en savoir plus, mais il savait que pour le moment, il devait simplement continuer à explorer ce nouveau monde mystérieux.

Walter ne pouvait pas comprendre comment cela était possible, mais tous les adultes avaient mystérieusement disparu de ce monde imaginaire. Les enfants semblaient être les seuls à diriger ce monde étrange. Malgré l'absence d'adultes, ce monde était très organisé, comme si les enfants savaient exactement quoi faire. Les plus âgés prenaient en charge les plus jeunes, s'occupaient de la nourriture et de l'eau, et géraient les affaires de la communauté.

Walter a remarqué que ce monde imaginaire ressemblait beaucoup au monde réel, mais avec des différences subtiles. Par exemple, les voitures étaient plus petites et plus colorées, les bâtiments étaient intégrés à partir de matériaux écologiques et il n'y avait pas de pollution. Les enfants semblaient avoir pris le contrôle et avaient créé leur propre société utopique. Cependant, malgré toutes les choses merveilleuses qu'il a vues, Walter était inquiet de ne pas savoir comment il était arrivé dans ce monde imaginaire, et s'il pouvait un jour en sortir.

Walter a continué à explorer le monde imaginaire dans lequel il s'est réveillé et a remarqué que les enfants semblaient effectuer le travail des adultes, mais de manière ludique et créative. Ils ont intégré des maisons colorées qui étaient réalisées à partir de matériaux tels que le bois et le bambou, et ont transformé les rues en de vastes espaces de jeu, avec des toboggans, des balançoires et des terrains de sport. Ils semblaient avoir une organisation sociale équilibrée, avec des leaders respectés parmi les enfants plus âgés et une répartition équitable des ressources et des tâches.

Walter a également observé que les enfants semblaient avoir développé une technologie avancée pour leur âge, comme des appareils de communication perfectionnés. Mais malgré tous ces progrès, il y avait quelque chose de mystérieux dans le monde imaginaire. Walter ne pouvait pas comprendre comment tout cela avait été créé ou comment il avait atterri dans ce monde étrange.

Cependant, il a continué à explorer, désireux de trouver des réponses à ses questions. Il a commencé à remarquer des anomalies dans le comportement des enfants, comme s'ils avaient quelque chose à cacher ou qu'ils étaient nerveux autour de lui. Walter a commencé à se demander s'il était possible que ce monde imaginaire ait été créé pour une raison spécifique et qu'il a été placé dedans pour une mission. Il avait besoin de réponses, mais il ne savait pas à qui demander ou comment les trouver.

Les maisons des enfants étaient comme

des mini palais, chaque bâtiment unique en son genre et décoré avec goût. Certaines avaient des murs en verre coloré qui scintillaient sous les rayons du soleil, tandis que d'autres étaient recouvertes de plantes grimpantes. Des arbres fruitiers poussaient dans les jardins, et les enfants les cueillaient pour préparer de délicieux repas. Chaque maison avait un drapeau ou une bannière flottante qui présentait sa famille et ses valeurs. Des tours étonnantes s'élevaient dans le ciel, leurs sommets disparaissant dans les nuages. Il y avait des toboggans et des balançoires attachés aux bâtiments les plus hauts, et des ponts suspendus au-dessus des rues. Les enfants semblaient être des experts en matière de construction et de conception, accordaient des structures incroyables avec des matériaux écologiques.

Les enfants qui observaient Walter semblaient être intrigués par sa présence, comme s'il était un étranger dans leur propre monde. Ils le regardaient avec des yeux étonnés et curieux, mais sans jamais s'approcher de lui. Walter se demandait pourquoi il était l'objet de leur attention, mais il se sentait aussi stupéfait par eux et leur manière de vivre. Il observait leur comportement et leur interaction, et il était émerveillé par leur capacité à travailler ensemble pour maintenir leur société utopique. Ils avaient des règles strictes, mais justes pour s'assurer que tout le monde était pris en compte, et même les plus jeunes enfants étaient impliqués dans les tâches de la communauté. Walter commençait à se rendre compte qu'il avait beaucoup à apprendre de ces enfants, malgré son âge.

Le ciel était d'un bleu éclatant et il y avait des nuages blancs qui flottaient dans l'air. Walter a vu des rivières cristallines et des cascades magnifiques, avec des arcs-en-ciel qui semblaient s'étirer à l'infini. Il y avait des animaux partout, des lapins, des cerfs, des oiseaux, et même des chevaux qui galopaient dans les champs de fleurs.

Walter s'est senti comme s'il était entré dans un autre monde, un monde qui n'existait que dans son esprit. Tout semblait si réel, si beau, si magique. Il a continué à explorer ce monde imaginaire, fasciné par tout ce qu'il a vu.

Walter se sentait de plus en plus impliqué dans le monde des enfants, mais il avait toujours des questions sans réponse sur la façon dont il était arrivé dans ce monde imaginaire. Il cherchait désespérément une réponse.

Walter s'avançait timidement vers la place centrale de la ville, où se tenaient Alice et Elliot. En approchant, il pouvait voir qu'Alice était une jeune fille âgée de 15 ans environ, aux longs cheveux bruns bouclés qui tombaient sur ses épaules. Elle avait des yeux verts étincelants et un sourire chaleureux qui s'étirait sur son visage lorsqu'elle aperçut Walter. Elle était vêtue d'une robe en tissu léger qui flottait légèrement au vent, ornée d'un insigne doré en forme d'étoile sur la poitrine.

Elliot, quant à lui, était un garçon plus jeune qu'Alice, avec des cheveux blonds ébouriffés et un nez légèrement retroussé. Il avait des yeux bleu vif et un sourire espiègle qui apparaissait sur son visage lorsqu'il voyait Walter s'approcher. Il portait une chemise de couleur claire avec un pantalon assorti et des chaussures en cuir brun.

Alice se leva de sa chaise en souriant à Walter, tandis qu'Elliot sauta de la balustrade sur laquelle il était assis pour venir les rejoindre. Walter se sentit tout de suite à l'aise avec les deux enfants, qui lui expliquèrent les principes de leur société et commentèrent qu'ils avaient réussi à la maintenir en place. Alice lui a expliqué en détail comment elle avait été élue à la tête de la ville et comment elle avait travaillé dur pour faire en sorte que tout le monde ait sa place dans leur monde utopique. Elliot quant à lui raconta comment il avait aidé Alice à construire la ville et comment il avait appris à cultiver leur propre nourriture.

Walter était impressionné par leur détermination et leur engagement envers leur société. Il se rendit compte que malgré leur jeune âge, Alice et Elliot avaient une sagesse et une perspicacité bien au-delà de leur âge. Ils étaient également très ouverts d'esprit et accueillants envers lui, un étranger qui venait d'arriver dans leur monde imaginaire.

Alice et Elliot accueillent Walter avec des sourires chaleureux et lui demandent comment il avait atterri dans leur monde. Walter leur expliqua brièvement son histoire, mais ils semblaient plus signifiés par la manière dont il pouvait contribuer à leur communauté. Alice, la cheffe de la ville, commença à lui poser des questions sur ses compétences et son expérience, tandis qu'Elliot écoutait attentivement.

Walter était impressionné par la façon dont Alice parlait avec assurance et prit des décisions en tenant compte des besoins de tous les membres de la communauté. Elle semble avoir une grande capacité à écouter les autres et à résoudre les problèmes de manière créative. Elliot, quant à lui, semblait être un ami fidèle et supposé d'Alice, prêt à la soutenir dans toutes ses décisions.

Au cours du dialogue, Alice a expliqué les règles de leur société et comment ils avaient réussi à maintenir leur utopie en respectant ces règles. Elle souligna l'importance de la coopération et de l'équité pour maintenir la paix et la prospérité. Elliot, pour sa part, a ajouté quelques anecdotes sur la façon dont la communauté avait résolu des problèmes difficiles en travaillant ensemble.

Walter était impressionné par leur vision et leur détermination, mais il ne pouvait s'empêcher de se demander s'il avait sa place dans ce monde idéal. Alice semblait avoir remarqué son hésitation et elle lui expliquait qu'ils étaient toujours à la recherche de personnes ayant des compétences et des perspectives différentes pour continuer à améliorer leur communauté. Elle l'encouragea à rester un peu plus longtemps pour en apprendre davantage sur leur mode de vie et réfléchir à la façon dont il pouvait contribuer.

Elliot, de son côté, propose de faire visiter à Walter les lieux les plus intéressants de la ville et de lui présenter les habitants. Ensemble, ils partent explorer leur monde utopique, discutant et apprenant les uns des autres. Walter commença à comprendre que même s'il avait des connaissances et des compétences différentes de celles des habitants de ce monde, il pouvait contribuer à leur communauté en apportant une nouvelle perspective et en travaillant avec eux pour maintenir leur société idéale.

Walter s'adresse à Alice et Elliot en leur demandant s'ils savaient comment il était arrivé dans leur monde. Alice secoua la tête en réponse, en disant qu'elle ne savait pas comment il avait atterri ici. Elliot a ajouté qu'il avait entendu dire que de temps en temps, des étrangers arrivaient dans leur monde sans explication et qu'ils étaient accueillis dans leur communauté.

Alice se tourna vers Walter et lui expliqua que leur ville n'était pas unique. Elle a expliqué qu'il y avait une capitale à environ vingt lieues de leur ville et qu'elle était dirigée par un homme nommé Bryan. Elle a ajouté que Bryan était le responsable de nombreuses villes et communautés à travers le monde.

Walter était curieux de savoir comment Bryan avait été nommé à ce poste de pouvoir. Alice lui a expliqué que Bryan avait été choisi parmi les leaders de diverses communautés pour aider à résoudre les conflits et à maintenir la paix. Au fil du temps, sa réputation s'était étendue et il avait finalement été nommé à la tête de toutes les communautés.

Elliot a ajouté que, bien qu'ils n'aient pas répondu quant à l'arrivée de Walter, ils étaient heureux de l'accueillir dans leur communauté et de l'aider à trouver sa place ici. Alice ajouta qu'elle était sûre que Bryan serait intéressé par l'arrivée d'un nouvel étranger dans leur monde et qu'elle serait heureuse de l'emmener à la capitale pour rencontrer Bryan s'il le souhaitait.

Walter était intrigué par cette offre et accepta. Il se demandait ce que l'avenir lui réservait dans ce monde étrange, mais fascinant. Les enfants semblaient avoir une sorte de sagesse innée sur le fonctionnement de leur monde. Walter a commencé à réaliser que le monde des adultes était très différent de celui des enfants. Il se rappelait comment les adultes étaient souvent préoccupés par des choses matérielles et des enjeux de pouvoir, alors que les enfants semblaient être plus préoccupés par les relations et le bien-être de la communauté.

Walter se sentait un peu soulagé de savoir qu'il n'était pas le seul étranger dans ce monde. Il avait l'impression que les enfants étaient plus tolérants et accueillants que les adultes qu'il avait rencontrés dans son monde d'origine. Il se demandait comment les enfants de cette communauté avaient appris à vivre dans ce monde étrange et ce qu'ils avaient dû affronter pour y arriver.

Alice a remarqué l'expression pensante

sur le visage de Walter et a demandé ce qui le tracasse. Walter a expliqué qu'il était fasciné par la façon dont les enfants semblaient si à l'aise dans ce monde, malgré le fait qu'ils étaient arrivés ici sans explication. Il a également exprimé son étonnement quant à la sagesse et à la maturité des enfants dans cette communauté.

Elliot a souri et a expliqué que les enfants de leur communauté devaient apprendre à travailler ensemble pour survivre dans ce monde. Ils avaient appris à être solidaires et à se soutenir mutuellement, malgré leurs différences. Il a également souligné que la communauté avait des valeurs fondamentales, telles que le respect, la tolérance et la paix, qui étaient inculquées dès le plus jeune âge.

Alice a ajouté que la communauté avait également mis en place un système éducatif pour que les enfants puissent apprendre à comprendre et à naviguer dans leur monde. Elle a expliqué que chaque enfant avait un mentor qui les guidait et les aidait à trouver leur place dans la communauté.

Walter a été impressionné par la façon dont la communauté avait pris soin de ses enfants et de leur bien-être. Il a réalisé que cela pourrait être un modèle pour le monde des adultes dans son monde d'origine. Il a exprimé son admiration pour leur approche et leur philosophie, et une promesse de faire de son mieux pour s'intégrer dans leur communauté.

Alice a souri et a dit qu'elle était heureuse que Walter ait décidé de rester avec eux. Walter a été très touché par l'accueil chaleureux et l'approche de la communauté envers les enfants. Il a commencé à se sentir chez lui dans ce monde étrange, mais fascinant. Il était également reconnaissant pour le mentorat dont bénéficiaient les enfants et s'est demandé s'il pouvait également trouver un mentor pour l'aider à s'adapter à leur mode de vie.

Elliot a proposé de lui présenter son propre mentor, un jeune homme nommé Michael, qui avait vécu dans leur communauté pendant de nombreuses années et qui avait une connaissance approfondie de leur monde. Walter a accepté avec reconnaissance et a été présenté à Michael le lendemain matin.

Michael est un jeune garçon de 17 ans avec un physique impressionnant. Il mesure environ un mètre quatre-vingts de hauteur et une silhouette élancée, mais musclée. Il a des épaules larges et un torse bien développé qui témoigne de son engagement envers l'exercice physique. Son torse et ses jambes sont proportionnés et musclés, ce qui donne à son corps une apparence athlétique.

Son visage est angulaire et symétrique, avec des traits bien définis. Il a des sourcils épais et foncés qui encadrent ses yeux d'un bleu profond. Ses yeux sont grands et expressifs, et ils présentent souvent une personnalité curieuse et aventureuse. Il a un nez droit et fin, et une mâchoire carrée qui lui donne une expression sûre et confiante.

Ses cheveux brun foncé sont coupés courts et bien entretenus, et ils encadrent son visage de manière flatteuse. Sa peau est bronzée, témoignant de sa passion pour les activités de plein air telles que le camping, la randonnée et le vélo. Ses mains sont grandes et agiles, témoignant de sa capacité à utiliser des outils et des équipements avec habileté.

Dans l'ensemble, Michael est un jeune homme au physique impressionnant et athlétique, avec des traits bien définis et des yeux expressifs. Son apparence est à la fois attrayante et intimidante, témoignant de sa détermination et de sa force de caractère.

Michael se trouve souvent confronté à des préjugés de la part des autres en raison de son apparence, mais il a appris à ne pas tenir compte et à se concentrer sur ce qui compte vraiment pour lui. Malgré cela, il se soucie beaucoup de son apparence et prend soin de son corps en faisant de l'exercice régulièrement et en mangeant sainement.

Michael était un homme doux et sage qui a accueilli Walter avec un grand sourire. Ils ont commencé à discuter de leur vie respective et Michael un commentaire expliqué il avait atterri dans ce monde et comment il avait appris à le comprendre et à y vivre. Il a également partagé des conseils sur la façon dont Walter pourrait s'adapter à leur mode de vie et faire partie de leur communauté.

Walter était fasciné par les histoires de Michael et a été étonné de la sagesse qu'il avait acquise en vivant dans ce monde. Il a été reconnaissant pour les conseils qu'il a reçus et a commencé à se sentir plus à l'aise dans cette nouvelle vie.

Au fil des jours, Walter a appris à connaître les autres membres de la communauté et à comprendre leur mode de vie. Il a également commencé à contribuer à la communauté en utilisant ses compétences et ses connaissances pour aider dans les tâches quotidiennes. Il était heureux d'avoir trouvé une nouvelle famille et une nouvelle maison dans ce monde étrange.

Michael a rapidement compris que Walter avait besoin d'aide pour s'intégrer dans leur communauté et il était heureux de lui offrir son soutien. Il a organisé une visite guidée de leur village et a présenté Walter à tous les membres de leur communauté.

Michael était très respecté dans leur village, non seulement pour son apparence impressionnante, mais aussi pour son caractère amical et serviable. Il était toujours prêt à aider les autres et à faire tout ce qu'il pouvait pour améliorer la vie dans leur communauté.

Walter a été émerveillé par la beauté naturelle de leur village, avec ses vastes champs verdoyants et ses collines ondulantes. Il a été touché par la gentillesse de chaque membre de la communauté, qui l'a accueilli à bras ouverts et l'a aidé à se sentir chez lui.

Au fil du temps, Walter a commencé à s'adapter à leur mode de vie et à participer aux activités quotidiennes de leur village. Il a aidé à cultiver les champs, à réparer les maisons et à prendre soin des animaux. Il a également appris à cuisiner des plats locaux et à jouer des instruments de musique traditionnels.

Michael était fier de voir la façon dont Walter s'était adapté à leur mode de vie et il était apprécié sa contribution à leur communauté. Il a vu en lui un jeune homme courageux et travailleur, doté d'un grand potentiel pour réussir dans leur monde.

En fin de compte, Michael et Walter sont devenus de bons amis, partageant des histoires et des expériences tout en travaillant ensemble pour améliorer leur vie dans leur communauté. Ils ont appris l'un de l'autre et ont créé des privilèges durables qui ont renforcé leur communauté et leur ont permis de prospérer.

Un jour, Michael, Walter, Alice et Elliot ont décidé d'organiser une fête dans leur communauté pour célébrer les nouvelles récoltes et les réussites de leur village. Ils ont invité tous les membres de leur communauté ainsi que des villages voisins à se joindre à eux.

Alice était une jeune femme énergique et créative, connue pour ses talents artistiques et son esprit entreprenant. Elle a aidé à décorer la place du village avec des guirlandes et des ballons colorés, accordant une atmosphère festive pour tous les invités.

Elliot était un jeune homme sage, respecté

dans leur communauté pour ses connaissances et sa sagesse. Il a organisé une cérémonie de bénédiction pour les nouvelles récoltes et partagé des histoires de l'histoire de leur communauté pour rappeler à tous les invités l'importance de leurs traditions et de leur patrimoine.

La fête a été un grand succès, avec de la nourriture délicieuse, de la musique animée et des danses traditionnelles. Les membres de leur communauté se sont rapprochés de leurs voisins et ont échangé des histoires et des traditions avec eux.

Alice avait toujours été très douée pour organiser des fêtes, mais cette fois-ci, elle avait décidé de faire quelque chose de vraiment spécial pour leur communauté et les villes avoisinantes. Elle avait travaillé pendant des semaines pour préparer cette fête, invitant tous les voisins à venir manifester ensemble.

Le jour de la fête, les gens de tous les âges étaient présents, jouant de la musique, dansant et dégustant des plats délicieux préparés par Alice et les autres membres de la communauté. Tout le monde était heureux et détendu, profitant de cette journée festive.

La fête organisée par Alice avait fourni

des gens de toutes les villes avoisinantes, accordait une ambiance joyeuse et festive dans tout le village. Tout le monde se mêlait, partageant la nourriture et des boissons, dansant et chantant ensemble.

Cependant, il y avait un invité très spécial qui était présent à la fête d'une manière incognito – Bryan, le membre éminent du Grand Conseil qui n'était jamais vu en public. Personne ne savait que c'était lui, pas même Alice qui avait organisé la fête, car il avait choisi de se déguiser avec un costume qui le cachait bien.

Bryan avait entendu parler de l'organisation de la fête d'Alice et avait décidé de venir incognito pour voir de ses propres yeux comment les gens du village et des villes avoisinantes vivaient. Il était curieux de voir comment ils se comportaient les uns envers les autres et comment ils s'amusaient.

Pendant la soirée, Bryan s'était mêlé à la foule, parlant avec les gens et partageant des histoires avec eux. Personne ne se doutait qu'il était en fait Bryan, car il avait fait un excellent travail pour se déguiser et se fondre dans la foule.

Les gens étaient émerveillés par l'enthousiasme de cet inconnu, qui se comportait comme l'un des leurs. Il était à l'aise avec tout le monde.

Bryan avait passé une soirée agréable, profitant de la fête, mais aussi en apprenant sur les gens et leur mode de vie. À la fin de la nuit, il avait discrètement quitté la fête, tout le monde se demandant qui était cet invité mystérieux qui avait transmis une ambiance si joyeuse et amicale à la fête d'Alice.

4 – LA QUÊTE DE BRYAN.

Walter avait écouté avec attention Alice et Elliot lui parler du Grand Conseil qui dirigeait le monde des enfants, dirigé par une certaine personne qui avait pour prénom Bryan. Depuis cette conversation, il avait été rongé par des interrogations. Qui était ce Bryan ? D'où est-il venu ? Comment était-il arrivé dans ce monde des enfants ? Et surtout, est-ce que ce monde était réel ou simplement imaginaire ?

Toutes ces questions tournaient dans la tête de Walter, le poussant à chercher des réponses. Il a passé de longues heures à observer les enfants autour de lui, tenté de voir s'il y avait quelque chose de différent chez eux, quelque chose qui les rendait différents des enfants qu'il avait connus avant.

Il s'interrogeait également sur les raisons pour lesquelles il avait été transporté dans ce monde. Était-ce une simple coïncidence ou y avait-il une raison plus profonde derrière tout cela ? Et si c'était le cas, quelle était cette raison ?

Walter avait du mal à se concentrer sur les tâches quotidiennes, hanté par ces questions sans réponse. Il passe de longues heures à réfléchir, à essayer de comprendre les mystères de ce monde étrange.

Malgré tout, Walter savait qu'il devait trouver des réponses à ces questions. Il était déterminé à découvrir la vérité sur Bryan et le Grand Conseil, et sur le monde des enfants dans lequel il avait été plongé. Il était prêt à tout pour trouver les réponses à ses interrogations et découvrir la vérité cachée derrière ce monde étrange et fascinant.

Walter était perdu dans ses pensées, tenté de comprendre comment il avait pu arriver dans ce monde dirigé par un mystérieux leader nommé Bryan. Il se sentait déconnecté de la réalité, se demandant si tout cela était simplement un rêve ou s'il était vraiment dans un monde parallèle.

Il a décidé de chercher des réponses, de découvrir qui était Bryan et comment il pouvait entrer en contact avec lui. Il posa des questions à Alice et Elliot, tenta de rassembler des informations sur le Grand Conseil et au sujet de Bryan lui-même.

Walter était assis avec Alice et Elliot, écoutant attentivement leurs histoires sur Bryan, le mystérieux dirigeant du monde des enfants. Ils ont partagé toutes les informations qu'ils avaient entendues à son sujet, mais ont admis qu'ils n'avaient jamais rencontré le chef eux-mêmes.

Alice a commencé à expliquer : « Tout ce que nous savons sur Bryan, c'est qu'il est le chef du Grand Conseil et qu'il dirige notre monde. Personne n'a jamais vu son visage, et il est dit que c'est très secret. »

Elliot a ajouté : « Certaines personnes disent qu'il a le pouvoir de contrôler le temps et qu'il peut faire apparaître des objets magiques, mais nous ne pouvons pas confirmer ces rumeurs. »

Walter était perplexe et a demandé : « Mais comment est-ce que je suis arrivé ici, alors ? Et comment est-ce que je peux sortir de ce monde si personne ne sait qui dirige ce monde ? »

Alice a répondu : « C'est une question à laquelle nous n'avons pas de réponse. Tout ce que nous savons, c'est que tu es ici, et que si tu veux trouver un moyen de partir. Il est clair que c'est Bryan que tu dois voir parce qu'il joue un rôle crucial dans ce monde, et nous devons trouver un moyen de te le faire rencontrer pour en savoir plus. »

Au fil du temps, Walter a découvert que Bryan était considéré comme un leader juste et aimé de tous. Il avait réussi à unir toutes les factions de ce monde des enfants et à instaurer une paix durable. Il était également un protecteur de la nature et avait mis en place des politiques pour protéger l'environnement.

Walter commença à être fasciné par Bryan et à vouloir en savoir plus sur lui. Il décide de partir en quête de ce mystérieux chef, déterminé à le rencontrer en personne et à découvrir la vérité sur ce monde étrange et fascinant.

Après avoir parlé avec Alice et Elliot, Walter avait pris la décision de trouver Bryan pour pouvoir lui poser les questions que ce dernier avait dans son esprit. Walter était déterminé à retrouver Bryan, cet enfant mystérieux. Après avoir recueilli des informations sur le Temple de la Sagesse, il avait appris que Bryan avait été vu dans la Ville de Verre, la capitale du Monde des Enfants. Cette ville était connue pour sa beauté incroyable, entièrement construite en verre et illuminée de mille couleurs à la nuit tombée.

Walter avait préparé son voyage avec soin. Il avait réussi à se procurer une carte et à prendre des provisions pour quelques jours. Sachant qu'il devait se rendre dans une région et une ville qui lui était inconnue. Walter poursuivit son enquête en interrogeant les gens qu'il croisait sur son chemin. Il rencontra d'abord une jeune enfant qui vendait des fruits sur le bord de la route. Elle lui indiqua que le Temple de la Sagesse était un lieu très spécial pour les habitants de la région, et qu'il était souvent signalé par des enfants en quête de sagesse et de connaissances. Elle lui conseilla également d'être prudent sur la route qui menait au temple, car elle était étroite et dangereuse.

Walter poursuivit sa route et rencontra un jeune garçon qui gardait un troupeau de moutons. Il lui demanda s'il avait vu un enfant répondant au nom de Bryan, et le garçon lui indiqua qu'il avait vu un enfant qui correspondait à la description de Bryan, qui avait pris la route du Temple de la Sagesse il y a quelques jours. Il lui conseilla également de faire attention aux dangers qui l'attendaient sur la route. La route était sinueuse, bordée de paysages spectaculaires et des grandes collines majestueuses. Le paysage changeait rapidement, passant de vastes champs verdoyants à des forêts luxuriantes, et enfin à la ville de Verre, qui se dressait majestueusement devant lui.

La Ville de Verre était une merveille architecturale, avec des bâtiments en verre étincelant dans toutes les directions. Walter arrive finalement à la porte de la ville de Verre, la capitale du Monde des Enfants. Les habitants de la ville étaient tous des enfants, mais ils semblaient bien organisés et avaient leur propre système de gouvernance. Walter fut immédiatement frappé par la beauté de la ville, avec ses bâtiments en verre et ses rues bordées de fleurs colorées.

Il chercha à nouveau des informations sur Bryan, et finit par rencontrer un groupe d'enfants qui jouaient dans une fontaine. Il leur demanda s'ils avaient vu un enfant nommé Bryan, et ils répondirent qu'ils ne le connaissaient pas. Mais l'un des enfants lui a indiqué qu'il avait entendu parler d'un enfant qui était monté au Temple de la Sagesse quelques jours auparavant.

Il a commencé son enquête pour trouver Bryan. Il a parcouru la ville, parlé aux habitants et visité les lieux touristiques. Malgré ses efforts, il n'a pas pu trouver Bryan. Il était découragé, mais il savait qu'il ne pouvait pas abandonner. Il a décidé de continuer ses recherches, espérant trouver des indices qui le conduiraient finalement à Bryan.

Walter leur demanda alors s'ils savaient comment se rendre au Temple de la Sagesse, et ils lui indiquèrent la route à suivre. Avant de partir, Walter leur demanda s'ils savaient où il pourrait trouver de la nourriture et un abri pour la nuit. Les enfants le dirigèrent vers un hôtel situé au centre de la ville.

Walter entra dans l'hôtel et demanda au propriétaire s'il pouvait obtenir un repas et une chambre pour la nuit. La jeune enfant d'une quinzaine d'années, lui indiqua une table où il pouvait s'asseoir, et lui servirent un plat de soupe chaude et du pain frais. Alors qu'il mangeait, il entendait des conversations animées entre les clients de l'hôtel, tous des enfants qui parlaient de leur vie quotidienne et de leurs aventures.

Soudain, un enfant plus âgé s'est approché de lui et lui a demandé s'il était à la recherche de quelqu'un. Walter répondit qu'il cherchait un enfant nommé Bryan, qui avait été vu au Temple de la Sagesse. L'enfant lui dit qu'il avait vu Bryan là-bas, et lui indiqua une autre route qu'il devait prendre pour arriver plus rapidement au temple. Walter le remercia et finit son repas avant de se rendre dans sa chambre pour se reposer pour la nuit.

Walter a commencé à enquêter sur les lieux où il était susceptible de se trouver. Cette ville était jugée belle et unique en son genre. Elle était appelée « Ville de Verre » en raison de ses bâtiments en verre transparent et lumineux qui semblaient briller comme des diamants sous le soleil.

Les rues de la Ville de Verre étaient larges et spacieuses, bordées d'arbres et de jardins luxuriants. Les bâtiments étaient tous faits de verre coloré, offrant une vue magnifique sur la ville depuis l'intérieur et l'extérieur. Les enfants étaient vêtus de tenues colorées et joyeuses, qui ajoutaient encore plus de couleurs à cette ville déjà éblouissante.

Walter a continué ses recherches et a finalement découvert que le Temple de la Sagesse était situé au sommet d'une colline. Cette colline était située en dehors de la Ville de Verre, mais était toujours considérée comme un endroit important pour les habitants. La colline offrait une vue imprenable sur la Ville de Verre et les environs, avec des champs verdoyants et des arbres fruitiers à perte de vue.

Walter a pris la route escarpée et dangereuse qui menait au sommet de la colline, avec l'espoir de retrouver Bryan au Temple de la Sagesse. La route était sinueuse et étroite, bordée de précipices qui donnaient le vertige. Cependant, Walter était déterminé à trouver Bryan et il a continué sa montée avec courage et détermination.

Il a alors commencé à enquêter sur les lieux et à interroger les gens qu'il rencontrait. Il a découvert que Bryan avait effectivement été vu dans le temple quelques jours auparavant. Walter a continué son enquête sur place, en questionnant les personnes présentes au temple et en tentant de retracer les mouvements de Bryan. Il a finalement réussi à trouver des indices qui l'ont conduit à penser que Bryan avait quitté le temple et se dirigeait vers une autre destination.

Ainsi, Walter a poursuivi ses recherches en utilisant les informations qu'il avait recueillies au Temple de la Sagesse pour poursuivre la trace de Bryan. Il a ainsi pu avancer dans son enquête et se rapprocher de plus en plus de ce fameux et énigmatique Bryan.

Walter a suivi les indices qu'il avait recueillis et a fini par arriver dans une petite ville à l'extérieur de la Ville de Verre. Il est allé dans un petit restaurant pour se restaurer et a commencé à questionner les gens sur la présence de Bryan dans la région. Il a finalement rencontré une fille du prénom Alexia qui lui a dit qu'elle avait vu un jeune garçon répondant à la description de Bryan passer dans la ville quelques jours avant.

Walter a été très heureux d'entendre cette nouvelle et a continué à parler avec Alexia pour obtenir plus d'informations. Elle lui a dit qu'elle avait entendu le garçon dire qu'il se dirigeait vers un lieu que l'on nomme « la colline aux quatre vents », mais elle ne savait pas exactement où. Walter a remercié Alexia pour ses informations et a décidé de partir immédiatement à la recherche de Bryan.

Walter a quitté le restaurant en remerciant chaleureusement Alexia pour son aide. Il a immédiatement commencé à chercher des informations sur la Colline des Quatre Vents, mais il s'est rendu compte qu'elle était très peu connue dans la région. Malgré cela, il a persisté et a finalement réussi à trouver quelqu'un qui avait entendu parler de cet endroit.

Après avoir recueilli des informations sur la colline, Walter a préparé son équipement de voyage et a commencé à marcher dans la direction indiquée par Alexia. Il a marché pendant des heures dans la campagne environnante, à travers des champs et des forêts, en suivant une carte grossière qu'il avait dessinée. Il était déterminé à trouver Bryan et à en savoir plus sur le mystérieux monde des enfants.

Après une longue marche, Walter est finalement arrivé au pied d'une colline qui s'élève majestueusement devant lui. Il a regardé autour de lui et a vu que la colline était enveloppée de champs de blé doré qui se balançaient doucement dans le vent. Il a aussi remarqué que le sommet de la colline était couvert d'arbres touffus et de buissons épineux. Il s'est alors rappelé ce qu'Alexia lui avait dit : la Colline des Quatre Vents était un lieu sacré pour les anciens habitants de la région.

Walter a commencé à gravir la colline, suivant un sentier escarpé qui serpentait à travers les arbres et les buissons. Il a dû faire preuve de beaucoup de courage pour affronter les obstacles qui se dressaient sur son chemin, mais il était déterminé à atteindre le sommet et à trouver Bryan.

Après avoir grimpé pendant un certain temps, Walter est enfin arrivé au sommet de la colline. Il a regardé autour de lui et a vu une vue panoramique incroyable. Il y avait une brise légère qui soufflait, et il pouvait sentir l'air frais et pur sur son visage. Il a remarqué que la vue était dégagée dans toutes les directions, et il a compris pourquoi cet endroit était si important pour les gens de la région.

La colline était appelée « la Colline des Quatre Vents » parce qu'on disait que les quatre vents soufflaient ici en même temps. Walter a senti une énergie mystique forte dans cet endroit, et il s'est dit que cet endroit était un lieu de pouvoir. Il a su que s'il voulait trouver Bryan, il devait chercher les signes qui indiquaient où il était passé.

Walter a commencé à chercher des indices sur le sommet de la colline, scrutant le sol et les environs à la recherche de toute trace de Bryan. Après quelques minutes de recherche, il a finalement trouvé une empreinte de pas dans la poussière. Il a suivi les traces pendant un certain temps, en utilisant toutes ses compétences de pistage pour ne pas perdre la trace de Bryan.

Il a parcouru la colline aux quatre vents pendant des heures, en réussissant à suivre les indices sur les traces de Bryan. Finalement, il est tombé sur une petite cabane en bois au milieu des arbres, et il a entendu des voix à l'intérieur.

Walter s'approchait lentement de la cabane en bois lorsque soudain, un groupe d'enfants est apparu devant lui, interposant leur corps entre lui et la cabane. Walter s'est immédiatement méfié, se demandant pourquoi ces enfants étaient là et s'ils étaient là pour le protéger ou pour le retenir. Alors qu'il regardait les enfants de plus près, il a réalisé qu'il en reconnaissait un. C'était le même garçon qui lui avait indiqué un itinéraire pour se rendre au Temple de la Sagesse à l'hôtel. Walter se souvint alors des circonstances dans lesquelles le garçon avait été si utile et se demanda si son aide n'était pas un plan pour l'éloigner de Bryan.

Les enfants alors ont commencé à lui poser des questions sur son identité et sur la raison pour laquelle il était là. Walter a répondu calmement en expliquant qu'il cherchait Bryan et qu'il avait des informations qui pourraient aider à le trouver. Les enfants ont alors échangé des regards entre eux, hésitant sur la marche à suivre. Finalement, un petit garçon s'est avancé vers Walter et a dit : « Je suis Billy, l'un des amis de Striker. Si tu veux trouver Bryan, tu dois venir avec nous. »

Walter suivit les enfants à travers les arbres jusqu'à une petite cabane de bois. À l'intérieur, il aperçut cinq personnes assises autour d'une table en train de discuter. Elle était petite, mais confortable, avec une cheminée et un lit de camp. Tout autour, il y avait des jouets, des livres et des jeux de société éparpillés, donnant l'impression que la cabane était utilisée par des enfants. C'était un endroit paisible et calme, loin de l'agitation de la ville. Il a reconnu immédiatement l'un des garçons étant comme celui qui l'avait aidé à trouver le Temple de la Sagesse, et il se souvint que son nom était Jake.

Jake se leva de la table et s'approcha de Walter en souriant. « Je savais que tu allais venir jusqu'ici ! Que cherches-tu et que veux-tu savoir ? », lui dit-il. Walter a expliqué rapidement qu'il était à la recherche de Bryan et qu'il avait des informations pour l'aider à le trouver. Jake hocha la tête et répondu : « Je vois. Malheureusement, nous sommes en pleine réunion importante en ce moment. Si tu veux, tu peux attendre avec nous, et nous pourrons discuter de tout cela plus tard. »

Walter acquiesça et s'assit à côté de Jake. Les autres membres de la réunion semblaient également attendus par la présence de Walter et l'accueillent chaleureusement. Il y avait deux filles, l'une avec des cheveux blonds bouclés et l'autre aux cheveux noirs attachés en queue de cheval, ainsi que deux autres garçons en plus de Jake et Billy. Tous semblaient avoir entre 10 et 16 ans.

Walter observe la réunion en silence pendant un moment. Les enfants discutaient de quelque chose d'important, mais il ne pouvait pas comprendre de quoi il s'agissait. Il se demandait si ces enfants étaient la garde rapprochée de Bryan et si leur réunion avait quelque chose à voir avec lui. Mais avant qu'il ne puisse poser des questions, l'un des enfants prit la parole pour annoncer que la réunion était terminée et que tout le monde devait partir.

Walter était sur le point de demander à Jake de quoi il s'agissait, mais il se rendait compte que les enfants partaient rapidement et qu'il était temps pour lui de partir aussi. Jake lui fit signe de le suivre, et tous deux sortirent de la cabane et se mirent en route vers une destination inconnue. Walter était curieux de savoir ce qui se passait et se demandait si les enfants allaient le mener à Bryan.

Walter et Jake avaient marché pendant des heures à travers des villes aux architectures variées. La première ville qu'ils avaient traversée était une petite ville en pierre, avec des rues étroites et des bâtiments en pierre blanche qui semblaient tous se ressembler. Les habitants semblaient être des artisans et des commerçants, car les rues étaient remplies de boutiques de toutes sortes. La deuxième ville était plus grande, avec des bâtiments plus hauts et plus modernes, construits en verre et en acier. Des gratte-ciel s'élevaient dans le ciel, faisant de l'ombre sur les rues bondées de voitures et de gens pressés.

La troisième ville qu'ils ont traversée était très différente des deux précédentes. C'était une ville côtière avec une grande plage de sable doré et des bâtiments de style colonial qui semblaient rappeler une époque passée. Des palmiers et des fleurs exotiques bordaient les rues, et le son des vagues s'écrasant sur le rivage était apaisant.

Après avoir traversé la ville côtière, Walter et Jake sont entrés dans une forêt dense, suivant un sentier étroit qui les conduit à un petit village. C'était un endroit pittoresque, avec des chaumières en bois et en pierre, entourés de jardins fleuris. Les habitants semblaient vivre en harmonie avec la nature, avec des champs verdoyants et des animaux errants librement.

Après plusieurs heures de marche, Walter et Jake sont finalement arrivés à destination. Cependant, quelque chose semblait familier à Walter dans cette ville. Les bâtiments et les rues semblaient lui rappeler quelque chose. Puis il se rendit compte que c'était la ville d'où il était parti quelques jours plus tôt. C'était un retour à la case de départ. Jake avait conduit Walter à la ville où tout avait commencé. Walter était perplexe et se demandait quelle était la signification de tout cela.

Alors que Walter était encore en train de s'acclimater à l'étrangeté de la ville des enfants, Jake lui a annoncé qu'ils étaient arrivés. Ils étaient devant la maison d'Alice, la chef des enfants. Jake dit à Alice : « Nous te ramenons notre ami. Le Grand Conseil viendra prochainement pour en parler avec toi et Elliot ».

5 – LE SECRET D'ALICE.

Walter vit une scène étrange dans un commerce de la ville. Un enfant qui souhaite acheter un nouveau vélo proposa d'échanger le vélo qu'il souhaitait par une boîte de petite voiture. Le commerçant regarde la boîte de petite voiture et lui dit : « Je souhaiterais un peu plus. » L'autre garçon le regarde est lui réponds : « Regard de plus près au dos de la boîte tu as le sigle de Bryan donc je trouve que tu y gagnes au change. » Le commerçant regarde est réponds : « Bon d'accord j'accepte l'échange ! »

Walter était perplexe devant cette révélation. Il ne pouvait pas croire que les objets de Bryan étaient devenus une forme de monnaie dans ce monde étrange des enfants. Il se demandait quel genre de société avait été créé dans ce monde, où les jouets et les souvenirs des autres étaient utilisés pour acheter des choses.

Il avait remarqué que les enfants semblaient bien connaître la valeur des objets de Bryan, et il se demandait s'ils savaient que ces objets étaient en réalité des souvenirs appartenant à Bryan. Walter se demandait également si Bryan approuvé cette pratique.

En entrant dans la petite maison où il avait été logé par les enfants, Walter vit que les objets de Bryan étaient éparpillés un peu partout. Il se demandait si les enfants savaient qu'ils appartenaient à Bryan et s'ils connaissaient son histoire.

En sortant de la maison pour prendre l'air, Walter se promène dans la ville, observant les enfants qui jouaient et couraient autour de lui. Il réalise que cette pratique de l'utilisation d'objets comme monnaie d'échange était plus enracinée dans la culture de ce monde.

Alors qu'il continuait de marcher, il arriva devant une boutique tenue par une jeune fille du nom de Lucy. Il remarque une affiche montrant une silhouette en forme d'ombre montrant Bryan, sans voir son visage, mais juste l'ombre de son visage. Walter se demanda si Lucy connaissait Bryan ou si elle avait simplement trouvé cette image quelque part.

Walter se rappela que Jake et les autres étaient repartis de la ville, et il se demanda s'il devait poursuivre son enquête sur cette étrange pratique ou s'il devait simplement l'accepter et continuer son voyage. Mais sa curiosité l'emporta, et il a décidé de poser des questions pour en savoir plus sur l'histoire de cette pratique.

Il a interrogé les commerçants et les habitants de la ville sur l'origine de cette pratique, mais personne ne semblait connaître l'histoire complète. Certains avaient entendu dire que cela avait commencé avec Bryan, d'autres pensaient que cela avait toujours été ainsi. Mais personne ne semblait connaître l'histoire complète.

Walter était déterminé à découvrir la vérité sur cette pratique étrange, et il se promet de continuer à enquêter. Il se demanda ce que l'avenir lui réservait dans ce monde étrange des enfants, mais pour l'instant, il était heureux de poursuivre sa quête de vérité.

Il se rappela alors qu'il avait toujours voulu explorer le monde des enfants et comprendre comment fonctionnait leur société.

Peut-être que cela serait sa chance de percer le mystère de ce monde étrange.

Il décida de demander à Alice, la personne la plus informée qu'il connaissait dans ce monde, de lui expliquer comment les objets de Bryan étaient devenus une monnaie. Il savait qu'Alice ne lui disait pas tout. Il eut cette sensation en se souvenant de son regard lorsque Jake lui avait parlé un peu plus tôt. Il y avait quelque chose qui la préoccupait profondément, mais il ne savait pas si cela avait un lien avec cette société bizarre.

Il se mit donc en quête de trouver Alice, qui était souvent difficile à localiser. Il avait entendu dire qu'elle se cachait souvent dans la forêt près de la ville, alors il commençait à chercher dans cette direction. Il espérait qu'il pourrait trouver Alice et en apprendre davantage sur les mystères du monde des enfants.

Walter s'enfonça dans la forêt, scrutant les environs à la recherche d'Alice. Il traverse les sous-bois, longeant les ruisseaux et les étangs, sa curiosité grandit à chaque pas. Il savait qu'Alice était une figure importante de la ville, peut-être même la plus importante. Elle était celle qui avait activé la pratique du troc, selon les rumeurs.

Après plusieurs heures de marche, Walter aperçut enfin une petite cabane dissimulée sous les arbres. Il s'approche prudemment et frappa à la porte en bois. Après un moment d'attente, la porte s'ouvre sur une très jeune fille souriante, qui le regarde d'un air interrogateur.

« Bonjour, je suis à la recherche d'Alice », dit Walter. « On m'a dit qu'elle se cachait souvent dans la forêt près de la ville. Je suis venu lui poser quelques questions sur les objets de Bryan et leur utilisation comme monnaie dans ce monde étrange. »

La jeune demoiselle sourit encore plus largement. « Je suis Mathilda, je suis la sœur d'Alice », dit-elle. « Bienvenue dans ma cabane. J'ai entendu parler de vous, Walter. Vous êtes le nouveau venu dans notre monde, n'est-ce pas ? »

Walter hocha la tête, un peu surprise que son arrivée ait déjà été remarquée. Mathilda l'invite à entrer et lui offre une tasse de chocolat chaud avec des guimauves. Ils s'installèrent confortablement autour de la petite table en bois et Walter commença à poser des questions sur les mystères du monde des enfants.

Mathilda a répondu patiemment, expliquant l'histoire de la ville et la façon dont la pratique du troc avait été mise en place. Elle parle de Bryan et de son importance pour le monde des enfants, et de la façon dont les objets qui lui appartiennent étaient devenus une forme de monnaie. Walter écouta attentivement, prenant des notes mentales pour mieux comprendre ce monde étrange.

Finalement, après plusieurs heures de discussion, Walter se leva pour partir. Mathilda lui souhaitant une bonne chance dans ses recherches et lui offrirent un petit objet précieux en échange de sa visite. Elle lui demande de le conserver parce qu'un jour cet objet pourrait l'aider. Walter la remercia et sortit de la cabane, ravi d'avoir autant appris sur ce monde mystérieux. Il était impatient de continuer ses recherches et de découvrir encore plus de secrets cachés dans cette ville étrange.

Après avoir pris congé de Mathilda, Walter se mit en marche pour retourner à la ville. Il réfléchissait à tout ce qu'il avait appris sur le monde des enfants et il avait hâte de partager ses nouvelles connaissances avec les autres enfants. Mais en cours de route, il aperçut une silhouette familière. C'était Alice, assise sur un banc à l'entrée de la ville.

Walter s'approcha et salua Alice, qui semblait surprise de le voir. Il lui a expliqué qu'il avait parlé à Mathilda et avait appris beaucoup de choses sur le monde des enfants. Alice semblait contente de voir que Walter était curieux et intéressé à en apprendre davantage. Elle lui propose de l'accompagner pour une petite promenade dans la ville.

Alice l'emmena dans un petit marché où les enfants s'échangeaient des objets. Elle expliqua que cela faisait partie de la pratique du troc, qui avait commencé avec Bryan et ses objets précieux. Walter remarqua que les enfants avaient l'air très fiers de leurs possessions et qu'ils les échangeaient avec enthousiasme.

Ils poursuivirent leur promenade dans les rues de la ville, s'arrêtant pour discuter avec les enfants et apprendre davantage sur leur vie quotidienne. Walter remarque que les enfants étaient très autonomes et créatifs, présentant des solutions ingénieuses pour résoudre leurs problèmes. Alice a expliqué que cela faisait partie de la culture des enfants et de leur mode de vie.

En fin de journée, Walter remercia Alice pour sa compagnie et son temps. Il se sentait plus connecté au monde des enfants et s'appliquait mieux à leur manière de vivre et de penser.

Après avoir passé la journée à explorer la ville avec Alice, Walter se sentait plus confiant dans sa compréhension de la culture des enfants. Il avait appris que les enfants étaient très indépendants et avaient appris à se débrouiller seuls depuis leur arrivée dans ce monde mystérieux. Il était également impressionné par leur créativité et leur ingéniosité, qui se manifestaient dans leur manière de résoudre les problèmes et de créer des objets utiles.

Au cours de leur promenade, Alice avait présenté Walter à de nombreux enfants, chacun avec leur propre histoire et leur propre façon de contribuer à la communauté. Il avait rencontré des enfants qui étaient de bons jardiniers, d'autres qui étaient de bons artisans et d'autres qui étaient de talentueux musiciens. Walter avait été surpris par la diversité de talents et de compétences chez les enfants, et il avait commencé à réaliser à quel point leur communauté était riche et complexe.

En fin de journée, Alice avait ramené Walter chez lui et lui avait donné un petit objet précieux en souvenir de leur journée ensemble. Walter avait été touché par ce geste et avait promis de revenir la voir bientôt. Il était heureux d'avoir enfin trouvé une place dans ce monde mystérieux, et il était déterminé à continuer à en apprendre davantage sur les enfants et leur mode de vie unique.

Walter avait remarqué que quelque chose

tracassait Alice depuis un moment maintenant. Il avait posé plusieurs questions à ce sujet, mais Alice avait toujours cessé d'y répondre de manière directe. Cependant, Walter ne pouvait s'empêcher de penser que quelque chose de grave se passait.

Un jour, alors qu'ils se promenaient dans la ville des enfants, Walter avait évoqué Bryan et ses objets précieux, espérant obtenir des informations sur lui. Alice avait semblé nerveuse et avait changé de sujet, mais Walter avait décidé de persister.

« Pourquoi est-ce que tu ne veux pas parler de Bryan ? Est-ce qu'il y a quelque chose qui ne va pas ? » avait-il demandé.

Alice avait hésité un moment avant de répondre : « Je ne pense pas que tu pourras rencontrer Bryan ».

« Pourquoi ? Qu'est-ce que tu veux dire ? » avait demandé Walter, de plus en plus inquiet.

Alice avait baissé les yeux, comme si elle était gênée de ce qu'elle allait dire. « Le Grand Conseil ne le veut pas ! »

Walter était perplexe. « Mais pourquoi ?

Qu'est-ce que j'ai fait ? »

Alice voulait expliquer que tous les enfants, une fois qu'ils arrivent à l'âge de 18 ans, devaient quitter le monde des enfants et retourner dans le monde des adultes. C'était une règle immuable et personne ne pouvait y déroger. Mais elle ne pouvait pas le dire à Walter. Alice savait que Bryan qui il y a plusieurs années avait atteint l'âge fatidique de 18 ans avait dû quitter le monde des enfants.

Walter était perplexe. « Mais pourquoi le Grand Conseil ne veut pas que je rencontre Bryan ? Qu'est-ce que j'ai fait ? »

Alice a hésité un moment, en cherchant comment expliquer la situation de manière vague sans dévoiler le secret des enfants de la ville. « C'est compliqué », at-elle finalement répondu. « Il y a des règles dans le monde des enfants et le Grand Conseil prend des décisions en fonction de cela. Je ne sais pas exactement pourquoi ils ne veulent pas que tu rencontres Bryan, mais il doit y avoir une raison. »

Walter a soupiré. « Je ne comprends pas. Je pensais que nous avions le droit de parler à qui nous voulions dans ce monde. »

Alice a baissé les yeux, se sentant mal à l'aise de mentir à son ami. Elle aurait aimé pouvoir lui expliquer la véritable raison, mais elle savait que cela ne faisait pas partie des règles. « Je suis désolée Walter, je ne peux pas t'en dire plus. Peut-être que tu devrais chercher à parler à quelqu'un d'autre si tu veux en savoir plus sur Bryan. »

Walter a hoché la tête, résigné. Il savait que quelque chose clochait et qu'Alice ne lui disait pas tout, mais il ne voulait pas la mettre mal à l'aise. Il allait devoir trouver un autre moyen de découvrir ce qui se faisait réellement dans ce monde étrange des enfants.

Walter ne pouvait s'empêcher de penser à Bryan et à ce mystère qui l'entourait. Il avait l'impression que quelque chose de plus grand se tramait derrière cette affaire et il était déterminé à en savoir plus. Mais il savait aussi qu'il devait être prudent et discret s'il voulait éviter de mettre Alice mal à l'aise ou d'éveiller les soupçons des autres enfants.

Il a commencé à poser des questions à d'autres enfants qu'il connaissait bien, mais tous semblaient réticents à lui répondre ou même à parler de Bryan. Cela l'a frustré et il a commencé à se demander si les enfants de la ville des enfants étaient tous impliqués dans cette conspiration.

Malgré cela, Walter n'a pas abandonné. Il a continué à chercher des indices et à poser des questions de manière subtile, espérant découvrir le grand secret d'Alice. Mais au fur et à mesure qu'il creusait, il commençait à se rendre compte que cette quête pourrait être plus dangereuse qu'il ne l'imaginait. Il avait remarqué que certains enfants semblaient le surveiller et que ses mouvements étaient de plus en plus limités.

Walter commençait à avoir peur, mais il était aussi curieux. Il avait l'impression que quelque chose d'important se cachait dans ce monde des enfants et il ne pouvait pas rester sans rien faire. Il était déterminé à découvrir la vérité, même si cela signifiait prendre des risques.

Mais Walter ne savait pas encore que son obstination à découvrir la vérité pourrait le mettre en danger. Car dans ce monde des enfants, le secret était la clé de tout, et vouloir tenter de le percer risquait de faire face aux conséquences les plus sombres.

Walter avait décidé de mener sa propre enquête pour en savoir plus sur Bryan et sur ce qui se tramait dans le monde des enfants. Il savait qu'il devait être discret pour ne pas attirer l'attention des autres enfants, mais sa curiosité était devenue trop grande pour être ignorée.

Il avait commencé à observer les enfants autour de lui, à écouter leurs conversations, à essayer de trouver des indices sur les secrets de la ville. Il avait même essayé de parler à d'autres enfants, mais il n'arrivait pas à trouver quelqu'un qui connaissait bien Bryan ou qui savait quelque chose sur lui.

Walter avait fini par comprendre que les enfants étaient aussi discrets que les adultes lorsqu'il s'agissait de garder les secrets de la ville. Il avait presque abandonné l'idée de découvrir la vérité lorsque quelque chose d'étrange s'était produit.

Il avait remarqué des enfants étranges qui semblaient le suivre à distance. Ils étaient habillés comme des touristes, mais il avait remarqué qu'ils ne prenaient pas de photos ou ne visitaient pas les attractions touristiques. Ils le suivaient à distance, comme s'ils voulaient le surveiller.

Walter avait commencé à paniquer. Il ne savait pas pourquoi les jeunes enfants le suivaient, mais il avait le sentiment qu'ils avaient découvert sa curiosité pour les secrets de la ville. Il avait commencé à éviter les lieux publics et à ne sortir que lorsqu'il était sûr qu'il ne serait pas suivi.

Il savait que s'il était découvert, il pourrait être en danger. Mais sa curiosité était plus forte que sa peur. Il avait besoin de savoir ce qui se transmettait dans la ville des enfants, même si cela signifiait mettre sa vie en danger.

Walter marchait dans les rues du monde des enfants, perdu dans ses pensées. Il ne pouvait pas s'empêcher de penser à Bryan et aux raisons pour lesquelles le Grand Conseil ne voulait pas qu'il le rencontre. Il n'avait pas remarqué que les enfants qui le suivaient depuis un moment étaient en réalité des membres des services de renseignements intérieurs du monde des enfants.

Soudain, un jeune garçon nommé Jay s'est approché de lui. « Fais attention à toi », a-t-il chuchoté à l'oreille de Walter. « Ils sont après toi. »

Avant que Walter n'ait eu le temps de répondre, plusieurs enfants ont surgi de nulle part et l'ont attrapé. Ils l'ont rapidement menotté et emmené dans un bureau de l'administration du monde des enfants.

Walter a été placé dans une petite pièce avec une table et une chaise. Il était confus et effrayé, ne sachant pas pourquoi il était là ni ce qui allait lui arriver. Les membres des services de renseignements intérieurs du monde des enfants se sont présentés et ont commencé à l'interroger.

« Il semblerait que vous ayez enfreint certaines règles », a déclaré l'un des membres. « Nous avons reçu des informations selon lesquelles vous cherchiez à découvrir des secrets interdits dans notre monde. »

Walter a essayé de se défendre, mais les membres étaient implacables. Ils ont fouillé ses poches et ont trouvé le carnet dans lequel il avait écrit ses notes sur le monde des enfants. Ils ont commencé à le feuilleter, découvrant des informations qui devaient rester secrètes.

« Nous ne pouvons pas laisser cela se produire », a déclaré l'un des membres. « Vous êtes un danger pour notre monde, et nous devons prendre des mesures pour vous empêcher de nuire à notre société. »

Walter a été entraîné dans une cellule, sans aucune idée de ce qui allait lui arriver. Il avait l'impression d'être tombé dans un piège, et il ne savait pas comment il allait en sortir.

Walter était assis dans sa cellule, se remettant de l'interrogatoire intense auquel il avait été soumis par les membres des services de renseignements intérieurs du monde des enfants. Il se demandait ce qui allait lui arriver maintenant et si jamais il pourra sortir d'ici.

Soudain, il entend des bruits de pas dans le couloir et Jake entra dans la cellule. « Salut, Walter, comment ça va ? » demande Jake.

Walter se leva, heureux de voir un visage familier. « Jake, que fais-tu ici ? » demande-t-il.

Jake lui a expliqué qu'il était là pour aider Walter à sortir de prison, mais qu'il avait besoin de son aide en échange. Il lui a expliqué que le Grand Conseil avait découvert qu'Alice avait parlé à Walter de Bryan, ce qui était strictement interdit. Ils avaient donc ordonné l'arrestation de Walter afin de savoir s'il était impliqué dans cette affaire.

Jake avait réussi la libération de Walter, mais en échange, il devait promettre de ne jamais révéler le secret des enfants de la ville. « Si tu acceptes ces termes, je peux t'aider à sortir d'ici maintenant », dit Jake.

Walter hésita un instant, sachant que cela signifiait s'abstenir à sa curiosité naturelle et à son désir de découvrir le secret des enfants de la ville. Mais il savait aussi qu'il n'avait pas le choix s'il voulait sortir de prison. « D'accord, j'accepte », dit-il finalement.

Jake sourit et sort une clé de sa poche. Il déverrouilla la porte de la cellule et les deux garçons quittèrent discrètement les lieux.

Walter était soulagé d'être libre, mais il était également déçu d'avoir été empêché de découvrir le secret des enfants de la ville. Il se demandait ce qui se cachait derrière cette mystérieuse organisation et s'il pourrait un jour en apprendre davantage.

Une fois que Jake et Walter ont quitté la prison, ils ont commencé à marcher dans les rues silencieuses de la ville. Walter était reconnaissant envers Jake pour l'avoir aidé à sortir de prison, mais il se sentait également trahi d'avoir été obligé de renoncer à sa curiosité et à sa soif de découvrir les secrets des enfants de la ville.

Jake a essayé de changer de sujet et a commencé à parler de choses banales, mais Walter était trop préoccupé par les événements récents pour pouvoir se contenir. Finalement, ils sont arrivés à un petit parc et se sont assis sur un banc pour discuter.

Jake a expliqué à Walter que les enfants de la ville avaient des vies spéciales dans ce monde, mais que ces vies spéciaux étaient également comme un fardeau. Les membres de leur organisation avaient juré de protéger leur secret à tout prix, car ils savaient que si le monde extérieur découvrait leur existence, cela pourrait mettre leur vie en danger.

Walter a écouté avec fascination alors que Jake a expliqué davantage sur le fonctionnement interne de l'organisation. Jake a également promis d'aider Walter à sortir de la ville ou du monde des enfants si jamais il décide de vouloir partir. Walter était reconnaissant pour cette offre, mais il savait qu'il avait encore beaucoup à apprendre sur le monde des enfants.

Les deux garçons ont continué à parler pendant des heures, partageant des histoires et des expériences. Finalement, il était temps pour Walter de rentrer chez lui. Jake l'a accompagné jusqu'à la maison de Walter et lui a promis de le revoir bientôt.

Walter est entré dans sa maison, épuisé, mais heureux. Il savait qu'il avait beaucoup à réfléchir sur les événements récents, mais il était également excité à l'idée de découvrir davantage sur le monde des enfants. Cependant, il savait qu'il devait être prudent, car il avait promis de garder leur secret et il ne voulait pas mettre leur vie en danger.

6 – LA FORÊT DES ÉNIGMES.

Walter avait parcouru la ville en long et en large, cherchant des indices au sujet de Bryan et son lien avec les enfants de la ville. Mais malgré ses efforts, il n'avait rien trouvé de concluant. C'est alors qu'il se souvint d'un lieu que l'on nomme « la forêt des énigmes », un lieu mystérieux et légendaire où les habitants de la ville allaient pour résoudre des énigmes complexes.

Walter avait toujours été fasciné par cette forêt, mais il n'y avait jamais mis les pieds. Il savait que la forêt était pleine de pièges et de dangers, mais il était prêt à prendre le risque pour trouver des réponses à propos de Bryan.

Walter se mit en route vers la forêt des

énigmes, en espérant que cet endroit lui donnerait des indices au sujet de Bryan. Il avait entendu parler de la forêt à maintes reprises. En chemin, il s'imagine résoudre des énigmes complexes et découvrir enfin la vérité sur les enfants de la ville.

Lorsqu'il arriva à la forêt, il fut frappé par l'atmosphère mystique qui y régnait. Les arbres étaient si hauts qu'ils semblaient toucher le ciel, tandis que les oiseaux chantaient des mélodies étranges dans les branches. Walter se sentit à la fois émerveillé et intimidé.

Il entra dans la forêt et commença à chercher des indices. Walter s'enfonça dans la forêt des énigmes, ses pas étouffés par le tapis de feuilles mortes sous ses pieds. Les arbres imposants formaient une voûte au-dessus de sa tête, filtrant les rayons de soleil pour créer un effet de lumière tamisée. Il se sentait presque comme s'il avait pénétré dans un autre monde.

Il a parcouru les sentiers sinueux, à la recherche de toute trace de Bryan ou de l'organisation secrète des enfants de la ville. Il regarde autour de lui avec attention, scrutant chaque arbre, chaque rocher, cherchant le moindre signe d'activité.

Au bout d'un moment, il tombe sur un

panneau en bois cloué à un arbre. Il s'est approché pour lire l'inscription qui disait : « Pour trouver la réponse, il faut d'abord résoudre l'énigme ». Walter haussa les sourcils, intrigué. Il était clair qu'il fallait résoudre une énigme pour avancer.

Il regarda autour de lui, à la recherche d'indices, mais rien ne semblait indiquer une énigme. Soudain, il entendit un bruit étrange derrière lui. Il se retourne et vit un petit animal qui ressemblait à un rat, mais avec une queue très longue et une fourrure rougeâtre. L'animal le regarda fixement et fit un bruit qui ressemblait à un rire. Walter se demanda s'il était en train de perdre la tête. Un rat avec une longue queue et une fourrure rougeâtre qui lui faisait face, et qui semblait même se moquer de lui ? Il avait du mal à croire à ce qu'il voyait, mais il avait l'impression que cet animal avait quelque chose à voir avec l'énigme qu'il devait résoudre pour avancer dans la forêt.

Le petit animal ne bougeait pas, comme s'il attendait quelque chose de Walter. Celui-ci prit une grande inspiration et s'avança vers l'animal, décidé à découvrir ce qu'il fera. Le rat recula d'un pas, puis fit un bruit qui ressemblait à une nouvelle moquerie.

Walter se mit à réfléchir à voix haute :

« Une énigme… Peut-être que cet animal a quelque chose à voir avec l'énigme que je dois résoudre. Mais quoi ? ». L'animal le regardait toujours, avec un air de défi dans les yeux. Walter sentit soudain un frisson qui cheminez le long de son dos. Il avait l'impression que l'énigme était bien plus compliquée qu'il ne l'avait pensé au départ.

Il se mit alors à chercher autour de lui, fouillant chaque recoin à la recherche d'un indice. Il ne savait pas vraiment ce qu'il cherchait, mais il espérait trouver quelque chose qui l'aiderait à résoudre l'énigme. Finalement, il remarque un arbre étrange qui se distingue du reste de la forêt. Sur l'écorce, il y avait des inscriptions en forme de symboles. Walter s'est approché de l'arbre et a commencé à examiner les symboles.

Il n'avait pas la moindre idée de ce que cela pouvait signifier, mais il était convaincu que c'était un indice crucial. C'est alors qu'il entendit de nouveau le bruit étrange derrière lui. Il se retourne, prêt à affronter l'animal, mais cette fois-ci il y avait plusieurs animaux de la même espèce. Ils étaient plusieurs à le fixer, comme s'ils attendaient une réponse.

Walter comprit que l'énigme était peut-être liée à ces animaux. Mais comment les comprendre ? Il avait l'impression que les animaux avaient un langage bien à eux, un langage qu'il ne connaissait pas. Il était déterminé à trouver la réponse à cette énigme, coûte que coûte.

Walter se mit à observer les animaux de plus près. Il remarque que leur fourrure avait des motifs étranges et que leurs queues étaient tressées de manière complexe. Il se demanda si ces motifs pouvaient avoir un sens, s'ils formaient peut-être une sorte de code.

Il sort un carnet de sa poche et commence à dessiner les motifs qu'il voit sur les animaux. Il se dit qu'il pourrait peut-être les décrypter plus tard. Mais alors qu'il était concentré sur ses dessins, il entendait un bruit sourd derrière lui. Il se retourne et vit un arbre qui était tombé juste à côté de lui. Il avait à peine eu le temps de sauter sur le côté pour éviter d'être écrasé.

Walter comprit que la forêt des énigmes n'était pas un lieu sans danger. Il se rappela qu'il avait entendu des histoires sur des créatures mystérieuses qui vivaient dans la forêt, des créatures qui pouvaient être très dangereuses si on les provoquait. Il se demanda s'il avait fait quelque chose pour énerver ces animaux étranges.

Il décide de se mettre en mouvement,

conscient que rester immobile pouvait être dangereux. Il avança prudemment, observant les environs à la recherche d'autres indices. Les animaux le suivaient, toujours en train de le fixer. Walter sentait leur regard peser sur lui, comme s'ils pouvaient lire dans ses pensées.

Soudain, un cri déchirant retentit dans la forêt. Walter se figea, les poils de son corps se dressant sur sa peau. Il avait l'impression que ce cri n'était pas celui d'un animal, mais plutôt celui d'un humain. Il se demanda s'il devait continuer à avancer ou rebrousser le chemin.

Il entend alors un autre cri, plus proche cette fois-ci. Il se mit à courir, en espérant trouver un endroit sûr où se cacher. Mais les animaux le poursuivaient, toujours plus nombreux. Ils semblaient en colère, comme s'ils ne voulaient pas qu'il découvre leur secret.

Walter se mit à paniquer, sachant qu'il devait trouver une solution rapidement. Il chercha des yeux une issue, une échappatoire. Il aperçut alors un arbre creux, assez grand pour qu'il puisse s'y cacher. Il se précipita vers l'arbre et y entra à toute vitesse, espérant que les animaux ne le trouveraient pas.

Il resta caché dans l'arbre creux pendant

plusieurs minutes, pour tenter de reprendre son souffle. Il entendait toujours les cris des animaux à l'extérieur, mais ils semblaient s'éloigner peu à peu. Il se dit qu'il avait eu de la chance de ne pas s'être fait attraper.

Walter se rendit compte qu'il avait commis une erreur en se cachant dans l'arbre creux. Lorsqu'il essaya de sortir, il découvrit que les animaux étaient toujours là, attendant patiemment qu'il sorte de sa cachette. Il comprit alors que ces animaux étaient bien plus intelligents qu'il ne l'avait imaginé.

Il réalise qu'il était pris au piège et qu'il devait trouver une autre solution pour s'en sortir. Il examine l'arbre creux dans lequel il se trouve et remarque qu'il y avait une cavité plus profonde, cachée derrière un amas de feuilles et de branches. Il décide de s'y glisser, en espérant que les animaux ne la trouveraient pas.

Cependant, à peine était-il entré dans la cavité qu'il entendait les animaux gratter l'arbre. Il comprit qu'ils étaient en train de le chercher et que le temps lui était compté. Il réfléchit rapidement et eut une idée : il sortit de sa poche une barre de chocolat qu'il avait sur lui et la jeta dans une direction opposée à celle de la cavité.

Les animaux se précipitèrent sur la barre de chocolat, laissant ainsi Walter l'opportunité de sortir de sa cachette et de courir dans la direction opposée. Il courut aussi vite qu'il put, en essayant de mettre le plus de distance possible entre lui et les animaux.

Cependant, il avait été tellement occupé à échapper aux animaux qu'il ne se rendait pas compte qu'il s'était égaré plus profondément dans la forêt. Il se retrouve bientôt face à un ravin dangereux, qui semblait impossible à traverser. Il réalisa alors qu'il était dans une situation désespérée, et qu'il devait trouver une solution rapidement s'il voulait survivre.

Walter s'approcha du bord du ravin et regarda en bas. Il pouvait voir les rochers pointus en contrebas, l'eau qui coulait à travers les pierres et les arbres qui étaient suspendus à flanc de falaise. Il n'y avait aucun moyen de descendre ou de remonter, et il se sentait pris au piège.

C'est alors qu'il se souvint de la légende du « ravin des enfants perdus ». Il avait entendu parler de cette histoire depuis qu'il était dans la ville dirigé par Alice, mais il ne savait pas si c'était vrai ou non. La légende racontait qu'il y avait une solution pour traverser le ravin, mais qu'elle était gardée secrète depuis des générations. Seuls quelques élus, qui avaient réussi à résoudre une énigme complexe, avaient été autorisés à traverser le ravin en toute sécurité.

Walter était déterminé à trouver la réponse à l'énigme. Il se mit à fouiller dans son sac à dos, en espérant trouver quelque chose qui pourrait l'aider. C'est alors qu'il a trouvé une vieille carte, qu'il avait oublié qu'il avait emportée avec lui. Il l'ouvrit et regarde attentivement les détails. Soudain, il remarque une petite inscription écrite en bas de la carte. C'était un texte en latin qui disait : « Pour traverser le ravin, il faut connaître le langage des arbres. »

Walter ne savait pas comment interpréter cette phrase mystérieuse. Mais il était déterminé à résoudre l'énigme. Il passe plusieurs heures à étudier la forêt, en observant attentivement chaque arbre et chaque plante. Il se demanda s'il y avait un arbre ou une plante qui pourrait l'aider à comprendre ce que signifiait cette phrase.

C'est alors qu'il remarque un petit arbre, avec des feuilles étranges et des branches tordues. Il avait l'air différent des autres arbres de la forêt. Walter se souvint alors qu'il avait déjà vu cet arbre dans des livres, c'était un « arbre des enfants perdus », un arbre qui était connu pour être le gardien de l'énigme du ravin.

Il s'est approché de l'arbre et a commencé à parler à voix basse. Il essayait de comprendre le langage de l'arbre. Il remarque que les feuilles bougeaient légèrement en réponse à ses mots. Walter comprit alors que l'arbre était en train de lui répondre. Il avait enfin trouvé la clé de l'énigme.

Il resta avec l'arbre pendant plusieurs heures, proposant de comprendre chaque mot et chaque geste. Finalement, il avait résolu l'énigme. Il savait comment traverser le ravin en toute sécurité.

Walter se mit en route vers le ravin, confiant de pouvoir le traverser grâce à ses nouvelles connaissances. Mais il ne savait pas qu'un danger l'attendait de l'autre côté du ravin.

Walter avait hâte de mettre en pratique ses connaissances acquises et de traverser le ravin. Il suivit attentivement les instructions de l'arbre et arriva finalement à la rive opposée, sain et sauf. Il était fier de lui, mais aussi épuisé et affamé.

Il chercha un endroit sûr pour se reposer et se nourrir. C'est alors qu'il aperçut une petite clairière, où il pourrait peut-être trouver de la nourriture. Mais en s'approchant, il remarque quelque chose d'étrange. La clairière était enveloppée de totems étranges, dont les formes semblaient à la fois familières et préoccupantes.

Walter se mit à explorer les totems, curieux de leur signification. C'est alors qu'il entendit un bruit derrière lui. Il se retourna pour voir un groupe de personnes étranges, qui le fixaient avec des yeux méfiants. Ils avaient l'air hostiles et agressifs.

Walter comprit alors que les totems et les personnes étaient liés, mais il ne savait pas comment. Il décidait de rester calme et de tenter de communiquer avec eux, espérant qu'ils ne lui feraient pas de mal. Mais il savait que s'il ne trouvait pas rapidement une réponse à cette énigme, il pourrait être en danger de mort.

Walter se mit en position défensive, prêt à se défendre s'il le fallait, mais il essaya d'abord de calmer les personnages étranges. Il leur sourit doucement, espérant que cela les apaiserait. Les personnes ne bougèrent pas, restant immobiles, le fixant de manière menaçante. Walter a décidé de prendre les choses en main et de briser la glace.

Il sort quelques objets de son sac à dos et les tendit aux étrangers, espérant que cela les fait se sentir plus à l'aise. Les étrangers commencèrent alors à parler une langue étrange et incompréhensible. Walter essaya de comprendre ce qu'ils disaient, mais cela était difficile, car la langue semblait être très différente de tout ce qu'il avait entendu auparavant.

Cependant, en regardant les totems et en écoutant attentivement les étrangers, Walter comprit que les totems étaient en fait des symboles d'un ancien rituel de passage. Les étrangers semblaient être les gardiens de ce rituel, chargés de s'assurer que seuls les personnes dignes et capables de passer.

Walter comprit alors que s'il voulait passer, il devait passer par ce rituel. Il demanda aux gardiens comment il pourrait passer, mais ils refusèrent de lui répondre, affirmant que seuls les dignes étaient autorisés à connaître le rituel. Walter était déterminé à trouver un moyen de passer et de résoudre l'énigme.

Il passe plusieurs heures à étudier les totems et à discuter avec les gardiens, en cherchant un moyen de débloquer le rituel. Finalement, il a trouvé un élément commun dans les symboles et réussit à déchiffrer le rituel. Les gardiens furent impressionnés et décidèrent de le laisser passer.

Walter passe le rituel avec succès, traverse

la clairière et continue son voyage. Mais il savait qu'il avait encore beaucoup d'épreuves à surmonter avant de résoudre l'énigme du ravin des enfants perdus.

Après avoir traversé la clairière, Walter se retrouve devant une grande montagne. Il savait que la seule façon de continuer son voyage était de la gravité. Cependant, la montagne était escarpée et dangereuse, avec des rochers instables et des crevasses profondes.

Walter a commencé à escalader la montagne, en utilisant toutes ses compétences d'escalade pour éviter tous dangers. Mais alors qu'il était à mi-chemin de la montagne, il entendait un bruit sourd derrière lui. En se retournant, il vit une énorme avalanche qui descendait droit sur lui.

Walter courut pour sa vie, cherchant un abri sûr. Il a trouvé une petite crevasse et se mit à l'abri, juste à temps pour éviter l'avalanche. Mais lorsqu'il essaya de sortir de la crevasse, il se rendit compte qu'il était coincé. Il avait glissé sur une pierre lâche et s'était cassé la cheville en tombant.

Walter était pris au piège dans la crevasse, incapable de bouger sa cheville cassée. Il savait que s'il ne se trouvait pas de l'aide rapidement, il pourrait mourir de faim ou de déshydratation.

Mais alors qu'il commençait à perdre espoir, il entendait un son familier – le langage de l'arbre.

Il se souvint des connaissances qu'il avait acquises de la clairière et des gardiens, et utilisa ses compétences pour communiquer avec l'arbre. L'arbre lui prodigue des conseils sur la façon de se libérer et lui offre de l'aide pour se remettre sur pied.

Grâce à l'aide de l'arbre, Walter a réussi à sortir de la crevasse et à soigner sa cheville cassée. Il continue son voyage, avec une nouvelle appréciation pour la sagesse de la nature. Cependant, il savait que son chemin était encore loin d'être terminé et qu'il devait rester vigilant face aux dangers qui l'attendaient.

Walter se remettait lentement de sa blessure, mais il savait qu'il devait redoubler de vigilance s'il voulait survivre dans cette nature hostile. Il décide de faire une pause pour récupérer ses forces et réfléchir à son prochain mouvement.

Il se mit à évaluer ses options et se rendit compte qu'il avait besoin de nourriture et d'eau pour continuer son voyage. Il se souvint de la clairière et de la nourriture qu'il y avait trouvée, mais il savait qu'il ne pouvait pas retourner en arrière. Il décide donc de se mettre à la recherche d'autres sources de nourriture et d'eau dans les environs.

Après plusieurs jours de marche, Walter a finalement trouvé une source d'eau douce et une zone de chasse fertile. Il se mit à chasser et à pêcher pour se nourrir et à remplir ses réserves d'eau. Mais il savait que ce n'était pas suffisant pour survivre à long terme.

Walter se souvint alors de la légende que plusieurs enfants de la ville qu'Alice dirigée lui avait racontée. C'était l'existence d'un jardin secret caché dans la forêt, rempli de nourritures et d'eau pure. Il décide de partir à la recherche de ce jardin secret, espérant qu'il pourrait y trouver les ressources dont il avait besoin pour survivre.

Il passe plusieurs semaines à explorer la forêt, à la recherche du jardin secret. Mais malgré tous ses efforts, il ne parvenait pas à le trouver. Il était sur le point d'abandonner lorsqu'il aperçut une lueur faible au loin. Il décida de suivre la lueur, qui le mena finalement à une clairière enchantée.

La clairière était remplie de fruits et de légumes frais, de ruisseaux d'eau pure et de fleurs multicolores. Walter se sentait émerveillé par la beauté du lieu et remercia les anciens pour leur sagesse de la nature. Il passe plusieurs jours dans le jardin secret, se nourrissant et se reposant. Mais il savait que son voyage n'était pas encore terminé et qu'il devait continuer à avancer vers son objectif ultime, résoudre l'énigme de l'existence de Bryan.

Après avoir repris des forces dans le jardin secret, Walter était prêt à poursuivre son voyage. Il se rappelle les indices qu'il avait requis et se mit à réfléchir sur l'énigme de l'existence de Bryan. Il réalise qu'il avait besoin de plus d'informations pour pouvoir résoudre le mystère.

Il décide de chercher de l'aide auprès des habitants de la forêt et participe à la recherche de la tribu des Sages. Après plusieurs jours de marche, il finit par trouver le village caché des Sages.

Walter expliqua sa quête aux Sages et leur demanda leur aide pour trouver des informations sur l'existence de Bryan. Les Sages étaient impressionnés par la détermination de Walter et décidèrent de l'aider.

Ils passèrent des jours à étudier des parchemins anciens et des textes sacrés, à la recherche de réponses à l'énigme. Finalement, ils trouvèrent une légende qui racontait l'histoire de Bryan, le fils d'un explorateur légendaire qui avait voyagé auprès de son père dans les terres interdites et avait découvert un secret qui aurait changé le monde pour toujours.

Walter était ravi d'avoir trouvé cette information et remercié les Sages pour leur aide. Il savait maintenant qu'il devait partir à la recherche des terres interdites pour trouver des réponses à l'énigme de Bryan. Mais il savait aussi que les terres interdites étaient un endroit dangereux, plein de périls et d'obstacles. Il devait être prêt à affronter tous les défis qui se dresseraient sur son chemin.

Walter se mit en route vers les terres interdites, conscient des dangers qui l'attendaient. Il passe des semaines à traverser des terrains difficiles, luttant contre des tempêtes et des températures extrêmes. Malgré les difficultés, il continuait à avancer, déterminé à trouver les réponses à l'énigme de Bryan.

Finalement, il arriva aux abords des terres interdites. Il savait que les dangers seraient encore plus grands à l'intérieur, mais il était prêt à prendre le risque. Il entre dans les terres interdites et commence à explorer la région, à la recherche de signes de Bryan.

Au bout de quelques jours, il tomba sur les ruines d'une ancienne cité, qui avait été abandonnée depuis plusieurs années maintenant. Walter savait qu'il était sur la bonne voie, car cette cité avait été construite par Bryan. Walter le savait en raison qu'à divers endroits de cette cité secret on pouvait y voir l'emblème de Bryan. Il commença à explorer les ruines, cherchant des indices sur la vie de Bryan et sur le secret qu'il avait découvert.

Au bout de quelques jours, Walter tombe sur une chambre secrète cachée derrière un mur. À l'intérieur de la chambre, il a trouvé un journal appartenant à Bryan, dans lequel il avait consigné ses découvertes et ses aventures. Walter fut captivé par les écrits de Bryan et commença à lire avec soin.

Walter était complètement captivé par la lecture du journal de Bryan, dévorant chaque mot avec excitation. Il était fasciné par les aventures de Bryan et ses découvertes, et en apprenait davantage sur le secret qu'il avait découvert. Cependant, il y avait une phrase qui le déroutait : « Nous sommes plusieurs ». Walter ne comprenait absolument pas ce que cela signifiait. Qui étaient les autres dont Bryan parlait ? Étaient-ils des explorateurs, des scientifiques ou des créatures mystiques ? Walter avait l'impression qu'il y avait une autre dimension à l'histoire de Bryan, mais il ne pouvait pas en saisir le sens.

Il relit le passage plusieurs fois, cherchant des indices et des pistes. Il se demandait si cette énigme avait un rapport avec le secret que Bryan avait découvert. Il était déterminé à comprendre ce mystère et à le résoudre, mais il ne savait pas par où commencer.

Walter était envahi par des émotions contradictoires. D'un côté, il était ravi d'avoir trouvé le journal de Bryan et de découvrir des informations importantes sur son voyage. Mais de l'autre côté, il était frustré de ne pas comprendre cette phrase mystérieuse. Il avait l'impression qu'il manquait une pièce essentielle du puzzle, et cela le laissait perplexe.

Walter savait qu'il devait continuer à chercher des réponses, même s'il ne savait pas où cela le mènerait. Il reprend le journal de Bryan et le range soigneusement dans son sac. Il se leva, déterminé à continuer son exploration des ruines et à découvrir le secret de Bryan, quel qu'il soit.

Walter poursuivit sa recherche dans les ruines de la cité abandonnée. Il savait qu'il devait trouver des réponses à ses questions, même si cela signifiait passer plusieurs jours à explorer les lieux.

Au bout de quelques heures, il est entré

dans une pièce étrange, décorée de dessins énigmatiques sur les murs. Il était fasciné par les motifs et les symboles qui semblaient avoir été gravés dans la pierre depuis plusieurs années. Mais c'est à côté d'un dessin qu'il a vu quelque chose qui l'a fait frissonner : des phrases énigmatiques, écrites en lettres rouges : « Nous formons qu'un » et « À plusieurs nous sommes un ».

Walter était choqué et excité à la fois. Ces phrases lui rappelaient la phrase mystérieuse dans le journal de Bryan, « Nous sommes plusieurs ». Il était clair que ces messages étaient liés d'une manière ou d'une autre. Mais qu'est-ce que cela signifiait-ils ?

Walter a commencé à étudier les dessins et les messages avec soin. Il a essayé de décrypter les symboles et les motifs, en cherchant des indices sur le secret de Bryan et sur les autres dont il avait parlé. Mais plus il étudiait les dessins, plus il se sentait perdu. Les symboles semblaient ne pas avoir de sens, et les messages étaient toujours aussi énigmatiques.

Walter a pris une pause et réfléchi à la situation. Il était évident qu'il ne pourrait pas résoudre ce mystère tout seul. Il avait besoin d'aide, d'un allié qui pourrait l'aider à comprendre le sens de ces messages. Mais qui ? Il était seul dans la cité abandonnée, sans aucun contact avec le monde extérieur.

Walter savait qu'il devait trouver une solution, mais il ne savait pas par où commencer. Il s'assit sur le sol, perdu dans ses pensées, cherchant une solution à son problème. Il avait l'impression que le temps s'écoulait lentement, que chaque minute était un éternel instant de réflexion.

Cependant, malgré son découragement, Walter ne pouvait pas abandonner. Il savait qu'il devait continuer à chercher des réponses, même si cela signifiait qu'il devait se confronter à des dangers inconnus. Il se leva et se mit en quête de trouver un moyen de percer le secret de Bryan.

Après des heures de recherche infructueuse, Walter était sur le point d'abandonner sa quête de comprendre le mystère des messages énigmatiques. La nuit était tombée, et la pièce était plongée dans l'obscurité. Il s'apprête à sortir pour trouver un endroit sûr où passer la nuit, lorsqu'il remarque un léger scintillement sur l'un des dessins.

Intrigué, Walter s'est approché du dessin et se rend compte qu'un nouveau message avait été gravé à côté du dessin. Il lut à voix haute : « Au Labyrinthe de Cristal, une partie du secret sera révélé ». Walter était étonné et à la fois ravi de cette découverte. Il avait maintenant un nouvel indice à suivre.

Il se mit immédiatement en route pour trouver ce Labyrinthe de Cristal, sans savoir exactement où il se trouvait. Il savait qu'il devait prendre des risques pour trouver des réponses, et que le chemin serait semé d'embûches. Il se remémorera le journal de Bryan, espérez trouver un indice qui pourrait l'aider à trouver le chemin.

Alors qu'il marchait dans l'obscurité, Walter réfléchissait à ce que ce Labyrinthe de Cristal pouvait bien être. Il se rappela que Bryan avait mentionné une cité légendaire en plein cœur de la forêt, une cité pleine de pièges et de secrets. Peut-être que c'était là-bas qu'il trouverait ce fameux Labyrinthe de Cristal.

Walter continua sa route en gardant cette idée en tête, se concentrant sur la mission qui l'attendait. Il était déterminé à trouver des réponses, coûte que coûte, et à découvrir le secret de Bryan.

7 – LE LABYRINTHE DE CRISTAL.

Après avoir découvert la nouvelle énigme inscrite sur les dessins, Walter avait pris une décision : il devait trouver le fameux Labyrinthe de Cristal. Après avoir rassemblé ses affaires et pris une dernière gorgée d'eau, il s'était mis en route pour atteindre son objectif.

Le voyage était difficile. Walter avait dû marcher plusieurs heures à travers des terrains escarpés et hostiles, sautant par-dessus des rochers et des crevasses dangereuses. Il avait suivi un ancien chemin de pierre, qui avait été envahi par la végétation. Par moments, il avait dû se frayer un chemin à travers des buissons épineux qui lacéraient ses vêtements.

Enfin, il était arrivé à l'entrée du labyrinthe de cristal. Le site était caché derrière une épaisse couche de brume, qui le rendait presque invisible. Walter avait dû avancer avec précaution, tâtonnant dans la brume jusqu'à ce qu'il puisse apercevoir les contours du labyrinthe.

Le Labyrinthe de Cristal était un véritable chef-d'œuvre. Chaque mur était fait de cristal étincelant, qui brillait sous les rayons du soleil. L'ensemble de la structure semblait vibrer avec une énergie mystérieuse, qui se présentait à Walter des frissons dans le dos.

Walter avait commencé à avancer dans le labyrinthe, suivant le chemin tortueux qui le conduirait à la révélation supposée de Bryan. Mais le parcours était complexe, avec des murs de cristal qui semblaient changer de forme et de couleur à chaque pas. Les passages étaient étroits et sinueux, et les intersections étaient nombreuses.

Il avait continué à avancer, se perdant parfois dans les allées du labyrinthe, mais ne perdant jamais de vue son objectif. Le nom du labyrinthe venait du fait que les murs semblaient être composés de cristaux colorés, qui jetaient des reflets chatoyants à chaque mouvement de Walter. Il avait l'impression d'être à l'intérieur d'un kaléidoscope géant.

Au fur et à mesure qu'il avançait, Walter avait commencé à remarquer des dessins étranges sur les murs de cristal. Ils semblaient être des représentations symboliques d'une ancienne langue, qui devait avoir été utilisée par les habitants de la cité abandonnée. Walter avait essayé de les déchiffrer, mais ils semblaient aussi énigmatiques que les messages précédents.

Malgré les difficultés, Walter avait persévéré, avançant lentement à travers le labyrinthe. Finalement, après plusieurs heures de déambulation dans les couloirs sinueux, il était arrivé à une salle centrale.

Au centre de la salle se trouvait une sorte de piédestal, sur laquelle était posé un objet brillant. C'était une petite sphère en cristal, qui émettait une lumière douce et chaude. Walter s'approcha et vit que l'objet était gravé de symboles étranges. Il savait que c'était la clé pour percer le mystère de Bryan.

Walter était étonné d'entendre une voix lui parler alors qu'il était seul dans la salle. Il a regardé autour de lui, tenté de comprendre d'où venait la voix. Finalement, ses yeux se sont posés sur la sphère de cristal qu'il tenait dans sa main.

Il a regardé la sphère, tenté de comprendre ce qui se transmet. La voix a parlé à nouveau, cette fois plus fort et plus clairement : « Je suis l'âme du Labyrinthe de Cristal. Quelle est votre interrogation ? »

Walter était choqué. Il ne savait pas quoi dire. Après un moment de silence, il a répondu : « Je cherche le secret de Bryan. Je suis ici pour percer le mystère de sa vie. »

La voix dans la sphère de cristal a répondu d'un ton doux, mais ferme : « Le secret de Bryan ne peut être trouvé en ces lieux, Walter. Mais je peux vous aider à trouver ce que vous cherchez, si vous êtes prêt à relever le défi. »

Walter a hoché la tête, curieux de savoir ce qui l'attendait. La voix a continué : « Vous devez passer trois épreuves pour trouver ce que vous cherchez. La première consiste à trouver la salle des miroirs, où vous devrez vous confronter à votre propre image. La seconde épreuve vous entraînera dans le jardin des illusions, où vous devrez trouver votre chemin à travers des illusions trompeuses. La dernière épreuve vous mènera dans les ténèbres, où vous devrez affronter vos peurs les plus profondes. »

Walter a été pris de court. Il n'avait pas prévu de faire face à des épreuves de cette nature, mais il était déterminé à trouver le secret de Bryan. Il a accepté les conditions posées par l'entité de la sphère de cristal et a commencé à se préparer pour les épreuves.

La voix a ajouté avant de disparaître : « Soyez prêt, Walter. Les épreuves vous attendent. »

Walter s'est retrouvé seul dans la salle, une petite sphère de cristal dans sa main, en se demandant ce qui l'attendait dans les prochaines épreuves.

Walter s'est levé et a commencé à explorer les couloirs du Labyrinthe de Cristal. Il a marché pendant un certain temps, sans savoir où il allait. Les murs étaient faits de cristaux étincelants, qui projetaient des reflets lumineux dans toutes les directions. Le silence régnait, et Walter n'entendait que le son de ses propres pas.

Au bout d'un moment, il est arrivé devant un choix de chemin. Deux couloirs s'offraient à lui, et il ne savait pas lequel prendre. Il a regardé la sphère de cristal dans sa main, espérant qu'elle pourrait l'aider, mais elle ne semblait rien dire. Finalement, il a choisi le couloir de droite et a continué à avancer.

Au bout d'un moment, Walter a commencé à remarquer des changements dans l'environnement. Les murs semblaient plus sombres, et les cristaux s'éteignaient les uns après les autres. Le sol s'est couvert de mousse, et des toiles d'araignées pendouillaient au plafond. Walter a commencé à se sentir de plus en plus mal à l'aise, comme si quelque chose de sinistre se cachait dans l'obscurité.

Soudain, il a entendu un bruit. C'était un grincement, comme si quelque chose de métallique se frottait contre une surface rugueuse. Walter a ralenti, inquiet, et s'est mis à écouter. Le bruit a continué, de plus en plus fort, jusqu'à ce qu'il devienne assourdissant. Walter a commencé à paniquer, se demandant ce qui pouvait bien faire un tel bruit.

Soudain, une porte s'est ouverte devant lui, et Walter a été projeté dans une salle circulaire. Il a atterri sur le sol, secoué et désorienté. Il s'est relevé, cherchant à comprendre ce qui venait de se passer, et a regardé autour de lui. Les murs étaient recouverts de miroirs, qui reflétaient son image à l'infini.

Walter a compris qu'il avait atteint la salle

des miroirs, mais il ne savait pas ce qu'il devait faire. Il a tenté de toucher les miroirs, mais ils semblaient intouchables. Il a regardé son reflet propre, qui le regardait avec intensité. Les miroirs semblaient lui parler, le narguer, le défier.

Walter a commencé à se sentir de plus en plus mal à l'aise. Il avait l'impression que les miroirs essayaient de lui dire quelque chose, mais il ne s'expliquait pas quoi. Il a tenté de partir, mais il a réalisé que toutes les portes étaient bloquées. Il était coincé dans la salle des miroirs, avec pour seul compagnon son propre reflet.

Walter a commencé à paniquer, réalisant qu'il était tombé dans le piège de la première épreuve. Il devait trouver un moyen de sortir de cette salle avant que les miroirs ne le rendent fou.

Walter s'est approché d'un des miroirs, fasciné par l'image qui le reflétait. Mais soudain, il a remarqué que quelque chose clochait. L'image de son reflet semblait devenir floue et indépendante de ses mouvements. Il a cligné des yeux, pensant que c'était juste son imagination qui lui jouait des tours, mais quand il a rouvert les yeux, l'image avait changé.

Il a vu une version de lui-même dans un lit d'hôpital, entouré de ses parents qui semblaient inquiets. Puis l'image a changé, et il s'est vu jouer avec son chien dans un parc, heureux et insouciant. Mais ensuite, l'image a pris une tournure étrange. Il a vu des images de lui en train de se disputer avec ses amis, de rater ses examens, de perdre son emploi de livreur de journaux, de sombrer dans la dépression.

Walter a commencé à paniquer, réalisant que les miroirs lui montraient des scènes de sa vie qu'il aurait préféré oublier et d'autres passages qu'il ne connaissait pas comme si les miroirs pouvaient imaginer l'avenir. Il a essayé de s'éloigner des miroirs, mais il était comme piégé, incapable de se détourner de l'image qui le fascinait et le terrifiait à la fois.

Les images ont continué à défiler devant ses yeux, de plus en plus sombres et désespérants. Walter se sentait comme si ses pires cauchemars prenaient vie devant lui, et il ne pouvait pas s'en débarrasser. Il a commencé à crier, à pleurer, à demander aux miroirs de s'arrêter.

Soudain, une voix a résonné dans la salle, douce, mais ferme : « Tu dois affronter ton passé, ton présent et ton potentiel futur, Walter. Tu dois accepter tes erreurs et apprendre à vivre avec elles. Sinon, tu seras prisonnier de tes propres regrets pour toujours. »

Les images ont commencé à se dissoudre, et Walter a vu son propre reflet qui le regardait avec compassion. Il a réalisé que la première épreuve était conçue pour lui faire face à ses propres démons intérieurs, et qu'il devait apprendre à les vaincre pour pouvoir avancer. Avec cette prise de conscience, les portes de la salle des miroirs se sont déverrouillées, permettant à Walter de passer à la deuxième épreuve.

Walter est sorti de la salle des miroirs, encore tremblant et secoué par les images qu'il eût vu. Il s'est retrouvé dans un couloir sombre et étroit, qui s'étendait à perte de vue dans les deux sens. Il a regardé autour de lui, cherchant un signe pour savoir où aller ensuite, mais tout ce qu'il pouvait voir était l'obscurité.

Walter a commencé à avancer lentement, en essayant de ne pas trébucher ou de tomber. Il a entendu des bruits étranges qui semblaient venir de nulle part et de partout en même temps. Des murmures, des rires, des cris, des pleurs. Ils étaient si nombreux et si différents que Walter ne pouvait pas les distinguer les uns des autres.

Plus il avançait, plus le couloir devenait étroit, jusqu'à ce qu'il soit presque impossible de respirer. Walter se sentait comme s'il était enfermé dans un tunnel sans fin, et il ne savait pas s'il pouvait continuer.

Soudain, une porte est apparue devant lui, éclairée d'une lumière bleue étrange. Walter a été soulagé de voir un moyen de sortir de ce cauchemar, mais il était également inquiet de ce qui se trouvait derrière la porte.

Il a poussé la porte, et il s'est retrouvé dans un jardin magnifique, avec des fleurs de toutes les couleurs et de toutes les formes. Mais quelque chose n'allait pas. Les fleurs bougeaient, se tordaient, changeaient de couleur, comme si elles étaient vivantes et conscientes.

Walter a avancé prudemment, en essayant de ne pas toucher les fleurs, mais il était clair qu'elles étaient là pour l'effrayer. Les fleurs commençaient à se transformer en des choses étranges et effrayantes, des serpents, des araignées, des mains griffues, des dents acérées. Walter a commencé à courir, mais les fleurs semblaient se resserrer autour de lui, comme s'il était pris au piège dans une toile d'araignée géante.

Il a continué à courir, cherchant un moyen de sortir du jardin, mais il était comme piégé dans un labyrinthe végétal. Les fleurs continuaient à se transformer en des formes de plus en plus effrayantes, et Walter avait l'impression qu'elles le suivaient, qu'elles le chassaient.

Finalement, Walter est parvenu à trouver la sortie du jardin des illusions. Il était épuisé, traumatisé et effrayé, mais il savait qu'il devait continuer à avancer s'il voulait atteindre la fin de son épreuve.

Après avoir quitté le jardin des illusions, Walter se retrouve dans un couloir sombre et étroit. Les murs semblaient être faits de pierre brute et les torches associées aux murs donnaient une faible lueur rougeâtre qui n'éclairait que les zones les plus proches. Walter avança prudemment, ne sachant pas ce qui l'attendait au-delà des ténèbres.

Au bout du couloir, il est arrivé dans une pièce étrange. Il n'y avait rien d'autre qu'une chaise en bois, placée au milieu de la pièce, avec une petite table à côté. Sur la table se trouvait une bougie allumée qui projetait une faible lumière dans la pièce. Walter se demandait ce qu'il devait faire.

Tout à coup, la bougie s'éteignit, plongeant la pièce dans l'obscurité. Des murmures se firent entendre dans l'obscurité, suivis de rires diaboliques. Walter sentit une main froide se poser sur son épaule, et il hurla de terreur. La main le poussa fortement en direction la chaise, le forçant à s'asseoir.

Une voix sinistre se fit entendre alors, résonnant dans la pièce : « Walter, tu es maintenant face à tes peurs les plus profondes. Tu dois les affronter si tu veux survivre. Tu as commis des erreurs dans ta vie, des erreurs qui t'ont hanté depuis longtemps. Maintenant, tu dois faire face à ces erreurs, les regarder en face, les accepter et enfin, les laisser partir. »

Les murmures et les rires diaboliques reproduisent, mais cette fois, Walter ne paniqua pas. Il savait qu'il devait affronter ses peurs s'il voulait sortir de cette épreuve. Il ferma les yeux, inspira profondément et commença à réfléchir sur ses erreurs passées.

Il se souvint d'un moment où il avait été cruel envers un ami, d'un autre où il avait menti à ses parents, et d'un autre encore où il avait été égoïste. Les images défilaient dans sa tête, de plus en plus vivante et réaliste. Il pouvait sentir la douleur de ses amis et de sa famille, la honte et le regret le submergeant.

Soudain, la pièce s'illumine à nouveau,

révélant une porte qui n'était pas là avant. Walter comprit que c'était la sortie de cette épreuve, mais il savait qu'il devait d'abord affronter ses peurs. Il se concentre sur ses erreurs passées, accepte qu'elles existassent et qu'il dût en tirer des leçons. Il sentit alors une chaleur envahir son corps et un sentiment de relâchement le submergea.

Il se leva de la chaise, ouvrit la porte et se retrouva dans une pièce encore plus sombre que la précédente. Des bruits de pas se firent entendre, mais il ne pouvait pas voir qui ou quoi les faisait. Il savait qu'il devait continuer à avancer, malgré la peur qui l'envahissait.

Walter avança prudemment dans la pièce sombre, en se fiant aux bruits de pas pour se guider. L'atmosphère était oppressante, comme si quelque chose de maléfique planait dans l'air. Il entendait des chuchotements, des rires et des cris, qui semblaient se rapprocher de lui. Il essaya de se raisonner en se disant que ce n'était que des hallucinations, mais que les sons étaient bien réels.

Il arrive à un tournant et vit une silhouette sombre se dessiner devant lui. Il n'arrivait pas à distinguer de quoi il s'agissait, mais il sentait que quelque chose n'allait pas. La silhouette commençait à s'approcher de lui, et Walter put bientôt voir qu'il s'agissait d'une créature difforme, avec des griffes acérées et des dents pointues.

Walter essaya de reculer, mais il trébucha et tomba sur le sol dur. La créature se rapprocha de lui, ses griffes étincelant dans la faible lueur de la pièce. Walter ferma les yeux, sachant qu'il était trop tard pour fuir. Il accepta son sort, convaincu que c'était sa punition pour toutes les erreurs qu'il avait commises dans le passé.

Soudain, il entendit une voix familière, celle de son grand-père décédé. La voix était douce et rassurante, et elle lui dit de ne pas avoir peur que tout allât bien se passer. Walter se rappela les moments qu'il avait passés avec son grand-père, de sa sagesse et de sa bonté. Il se souvint aussi des enseignements que son grand-père lui avait donnés sur le courage et la résilience.

Il rouvrit les yeux, et la créature avait disparu. Il se sentit soudain plus fort, plus courageux. Il comprit que la créature était sa propre peur, son propre monstre intérieur. Il réalisa que s'il acceptait ses erreurs et ses faiblesses, il pouvait vaincre ses peurs.

Il avança dans la pièce sombre, les bruits de pas s'estompant peu à peu. Il arrive enfin à une porte, qui s'ouvre sur une salle éblouissante de lumière. Walter était heureux et libéré de ses peurs.

L'épreuve était enfin terminée, et Walter comprit que cette aventure l'avait changé en profondeur. Il avait appris à accepter ses erreurs, à faire face à ses peurs et à se pardonner lui-même. Il était prêt à affronter les défis de la vie avec courage et détermination, grâce aux enseignements que les épreuves lui avaient donnés.

Dans la salle éblouissante de lumière, Walter vit un jeune garçon de 13 ans, Sam, debout au centre de la pièce. Sam avait des cheveux noirs en bataille qui tombaient sur son front et encadraient son visage. Il avait une peau légèrement bronzée, des yeux verts perçants et un sourire chaleureux.

Sam portait un t-shirt noir avec des motifs géométriques blancs, un jean foncé et des baskets noires et blanches. Il avait l'air à l'aise dans ses vêtements et confiant dans sa démarche.

Walter s'est approché de Sam et lui dit : « Salut, je suis Walter. Comment es-tu arrivé ici ? ». Sam sourit et répondit : « Salut, Walter, je m'appelle Sam. Je suis venu ici comme toi, à la recherche de quelque chose. Et toi, qu'est-ce qui t'a amené ici ? »

Walter expliqua brièvement son parcours

et sa quête personnelle, puis demanda à Sam s'il avait des informations sur l'endroit où ils se distinguaient. Sam a répondu mystérieusement : « Je pourrais avoir des informations importantes pour toi, mais avant cela, tu dois répondre à une question pour moi. Quelle est ta plus grande peur ? »

Walter hésita un instant, puis se souvint de ce qu'il avait appris lors de son épreuve précédente. Il a décidé de faire face à sa peur et répondu : « Ma plus grande peur, c'est de ne jamais réussir à être la personne que je veux être, de ne jamais trouver ma place dans ce monde. »

Sam hocha la tête, comme s'il avait obtenu la réponse qu'il attendait. Il dit alors : « Je pense que je peux t'aider à trouver ce que tu cherches, mais pour cela, tu dois me suivre. » Il se tourne et se dirige vers une porte qui s'ouvre mystérieusement à son approche. Walter a décidé de le suivre, intrigué par ce garçon mystérieux et ses promesses d'aide.

Walter suivit Sam à travers la porte mystérieuse qui s'ouvrit à son approche, curieux de découvrir ce qu'il avait en réserve pour lui. La pièce dans laquelle ils se distinguaient était sombre, mais Walter pouvait sentir une énergie étrange qui y régnait. Il se tourne vers Sam et lui demande :

« Que se passe-t-il ici ? Pourquoi est-ce si sombre ? ».

Sam sourit et répondit d'un ton mystérieux : « Tu vas bientôt le découvrir, Walter. Mais avant cela, j'ai besoin de te poser une autre question. Qu'est-ce que tu recherches vraiment ? Qu'est-ce qui le motif à continuer ? ».

Walter réfléchit un instant avant de répondre : « Je cherche à trouver ma place dans ce monde, à comprendre qui je suis vraiment et ce que je veux faire de ma vie. Mais ce qui me motive le plus, c'est de savoir que je peux surmonter mes peurs et mes défis personnels pour atteindre mes objectifs. »

Sam hocha la tête, apparemment satisfait de la réponse. Il s'est approché de Walter et posa sa main sur son épaule. « Je peux t'aider à atteindre tes objectifs, Walter. Mais pour cela, tu dois faire preuve de courage et de confiance en toi. Es-tu prêt à relever le défi ? ».

Walter regarda Sam droit dans les yeux et hocha la tête, déterminé à découvrir ce que cet étrange garçon avait en réserve pour lui. Il se sentait à la fois excité et anxieux à l'idée de ce qui l'attendait, mais il était déterminé à surmonter tous les défis qui se présentaient à lui.

Leur conversation avait créé une atmosphère de confiance mutuelle et d'entraide, et Walter se sentait à l'aise en présence de Sam. Il était curieux de découvrir où cette aventure allait le mener et comment Sam allait l'aider à atteindre ses objectifs.

Sam regarde Walter droit dans les yeux et sourit. « Très bien, Walter. Tu es prêt à relever le défi, c'est parfait. Suis-moi et fais tout ce que je te dis, sans poser de questions. Es-tu prêt ? ».

Walter hocha la tête, prêt à suivre Sam où qu'il aille. Il avait confiance en lui et en sa capacité à l'aider à atteindre ses objectifs.

Sam ouvrit une autre porte qui menait à un escalier en colimaçon descendant vers le sous-sol. Ils ont commencé à descendre les marches, en silence. La lumière diminuait de plus en plus, mais Walter pouvait toujours sentir cette énergie étrange qui planait dans l'air.

Après une descente interminable, ils sont finalement arrivés au sous-sol. La pièce était plus petite que la précédente, mais tout aussi sombre. Walter pouvait entendre des bruits étranges venant de l'autre bout de la pièce.

Sam se tourna vers Walter et lui dit : « Maintenant, tu vas devoir faire preuve de courage, Walter. Je vais te demander de marcher vers l'autre bout de la pièce, où se trouve une boîte. Tu dois l'ouvrir et prendre ce qu'il y a à l'intérieur. Es-tu prêt ? ».

Walter hocha la tête, la peur commençant à s'emparer de lui. Il ne savait pas ce qui l'attendait, mais il était déterminé à surmonter tous les obstacles.

Il a marché lentement vers la boîte, les bruits étranges se faisant de plus en plus fort. Il a ouvert la boîte et a découvert une clé à l'intérieur.

« Prends la clé, Walter », a dit Sam. « Cette clé t'ouvrira la porte vers ton objectif. Mais pour cela, tu dois vaincre ta plus grande peur. Es-tu prêt ? ».

Walter a regardé la clé dans sa main, hésitant. Mais il se souvint de sa détermination à vaincre ses peurs et il a répondu : « Oui, je suis prêt. »

Sam lui sourit. « Très bien. Maintenant, suis-moi. »

Walter a suivi Sam à travers une autre

porte menant à une pièce encore plus sombre. Il pouvait à peine voir où il allait, mais il pouvait entendre des bruits étranges autour de lui. Sam lui a demandé de se tenir prêt alors qu'il allumait une petite torche, illuminant la pièce.

La pièce était petite et sombre, mais il y avait une grande porte en métal verrouillée au fond. Sam a dit à Walter que la clé qu'il avait prise de la boîte ouvrirait cette porte, mais avant cela, il devait affronter sa plus grande peur.

Walter a hésité, ne sachant pas comment il allait vaincre sa plus grande peur. Sam a remarqué sa nervosité et lui a dit qu'il devait simplement se concentrer sur son objectif et vaincre sa peur pour pouvoir utiliser la clé.

Sam a sorti une petite boîte de sa poche et l'a ouverte, révélant une araignée. Walter a sursauté, sachant que sa plus grande peur était les araignées. Sam lui a expliqué que pour utiliser la clé, il devait tenir l'araignée dans sa main sans la lâcher jusqu'à ce qu'il atteigne la porte.

Walter a hésité un instant, mais il savait qu'il devait vaincre sa peur pour atteindre son objectif. Il a pris l'araignée dans sa main tremblante et a commencé à marcher vers la porte en métal. Chaque pas était difficile, mais Walter a continué à avancer malgré la peur qui grandissait en lui.

Finalement, il est arrivé à la porte et a inséré la clé. La porte s'est ouverte lentement, révélant une pièce lumineuse et spacieuse. Walter a regardé autour de lui, émerveillé par la beauté de la pièce.

Sam a souri et a dit : « Félicitations, Walter. Tu as dépassé ta plus grande peur et tu as atteint ton objectif. Maintenant, tu peux aller de l'avant et trouver ta place dans ce monde. »

Walter a senti un sentiment de fierté et de satisfaction l'envahir. Il savait que tout ne serait pas facile, mais il avait confiance en lui et en sa capacité à surmonter les obstacles qui se dressaient devant lui. Il était prêt à affronter tout ce qui viendrait sur son chemin pour réaliser ses rêves.

8 – LA RÉVÉLATION.

Walter avait passé les derniers jours à réfléchir à la signification de son expérience avec Sam. Il avait enfin réussi à atteindre sa plus grande peur et avait atteint son objectif. Maintenant, il cherchait à aller plus loin, à comprendre les mystères qui l'entouraient.

Un jour, alors qu'il était assis dans sa chambre, Sam est venu le voir. « Walter, je me demandais si tu ne cherchais pas des informations sur Bryan », a dit Sam. Walter a été surpris, ne sachant pas commenter Sam avait pu deviner ses pensées les plus intimes.

Finalement, Walter a avoué la vérité : il voulait savoir qui était vraiment Bryan. Sam a souri et a dit : « Je pense que je peux t'aider avec ça. Suis-moi. »

Sam a conduit Walter dans un parc, où ils se sont installés sur un banc. Sam a sorti un petit carnet de sa poche et a commencé à écrire quelque chose. Il a tendu le carnet à Walter.

« Voilà, voici les noms des cinq garçons qui dirigent le pays des enfants ensemble. Ils ont tous une personnalité différente et sont très forts à leur manière. Bryan n'est qu'une légende, un mythe. Il est le symbole imaginaire de ses cinq garçons. Un vieux souvenir. C'était le tout premier enfant de notre monde. Bryan fut nommé leader de notre monde. Mais tu le sais personnes n'est éternel. Bryan était notre leader, mais il ne serait rien sans les autres. Parce que ce sont ses garçons qui font vivre sa mémoire, son passé, son présent et son avenir. En fait, Bryan est le nom du groupe qui dirige notre monde. Tu as dû entendre parler du Grand Conseil ? Et bien le groupe Bryan ou le Grand Conseil c'est un seul et unique groupe. Ils sont très puissants, mais ils sont aussi très dangereux. Sois prudent, Walter », a averti Sam.

Walter a regardé les noms inscrits sur le papier, se demandant qui était ces garçons et quel rôle ils jouaient dans sa vie. Il savait maintenant que la vérité était bien plus complexe qu'il ne l'imaginait.

Sam lui a souri et a dit : « Je suis là si tu as besoin de moi, Walter. N'oublie pas que tu as déjà trouvé ta plus grande peur. Tu peux surmonter tout ce qui vient sur ton chemin. »

Walter a hoché la tête, reconnaissant envers Sam pour son aide. Il savait que le chemin à parcourir serait difficile, mais il se sentait plus confiant maintenant qu'il avait des informations importantes sur Bryan et ses associés. Il était prêt à découvrir la vérité et à faire face à tous les défis qui se dressaient devant lui.

Walter a pris le petit carnet avec soin et l'a rangé dans sa poche. Il se sentait à la fois ébranlé et libéré par les révélations de Sam. Tout ce qu'il avait cru savoir sur Bryan était faux, et maintenant il devait tout réapprendre.

Il a remercié Sam pour son aide et a commencé à marcher vers la sortie du parc. Mais alors qu'il s'apprêtait à partir, quelque chose attira son attention. Au loin, il a vu un groupe de garçons jouer à un jeu. Ils riaient et s'amusaient, mais quelque chose d'intrigant dans leur attitude a capté l'attention de Walter.

Il a commencé à marcher vers eux, intrigué. Alors qu'il se rapprochait, il a pu distinguer les cinq garçons qui étaient sur la liste de Sam. Ils étaient plus jeunes qu'il ne l'avait imaginé, probablement de son âge. Mais il pouvait sentir leur pouvoir et leur influence à des kilomètres.

Walter s'est arrêté à quelques mètres d'eux, observateurs. Il a remarqué que chacun des garçons avait un rôle différent à jouer dans le groupe. L'un d'entre eux était clairement le leader, avec une autorité naturelle qui attirait les autres vers lui. Un autre était plus silencieux et réservé, mais Walter pouvait voir la force de caractère dans ses yeux.

Il a compris que ces garçons étaient les véritables maîtres du monde des enfants, les gardiens de l'ordre et de l'équilibre. Ils étaient les garants de la paix et de la sécurité, mais aussi les gardiens de la vérité.

Walter s'est approché d'eux, le cœur battant. Il savait que c'était dangereux, mais il était déterminé à découvrir la vérité sur Bryan et son rôle dans le monde des enfants.

Le leader du groupe s'est tourné vers lui,

l'observateur attentif. Walter a rassemblé son courage et a dit : « Je veux savoir la vérité sur Bryan et le Grand Conseil. Je suis prêt à tout apprendre. »

Les garçons ont échangé des regards, mais personne n'a rien dit pendant un moment. Finalement, le leader a hoché la tête et a dit : « Très bien, Walter. Tu as prouvé ta détermination et ta volonté. Nous allons te dire tout ce que tu veux savoir. Mais sache que la vérité peut être dure à entendre. Es – tu es prêt pour ça ? »

Walter a pris une grande inspiration et a répondu : « Je suis prêt pour tout. »

Les cinq garçons ont emmené Walter dans une petite clairière à l'écart des regards indiscrets. Ils se sont assis en cercle, et le leader a commencé à raconter l'histoire de Bryan et du Grand Conseil.

« Bryan était un enfant comme toi, Walter. Il était le premier enfant à être né dans notre monde, et il avait un don spécial. Il était doué d'une grande sagesse et avait un esprit autorisé vif. Les autres enfants le regardaient avec admiration et le considéraient comme leur chef naturel. Mais Bryan ne voulait pas être leur chef. Il voulait quelque chose de plus grand, quelque chose qui transcenderait leur petite communauté d'enfants.

C'est alors qu'il a eu une idée incroyable. Il a créé le Grand Conseil, un groupe de cinq enfants qui gouverneraient ensemble le monde des enfants. Chacun des membres du Conseil aurait une tâche spécifique à accomplir pour le bien de la communauté. Le Conseil serait responsable de la sécurité, de la justice et de la vérité. Et Bryan serait leur leader, leur guide et leur mentor.

Au début, le Conseil a bien fonctionné. Les cinq membres ont travaillé ensemble pour maintenir la paix et l'harmonie dans le monde des enfants. Mais au fil du temps, ils ont commencé à se disputer et à se quereller sur la meilleure façon de gouverner. Les divergences d'opinions ont conduit à des tensions et à des conflits, et le Conseil a commencé à se désintégrer.

Bryan a essayé de maintenir l'unité du groupe, mais il était trop tard. Les autres membres du Conseil avaient déjà pris leur distance, chacun cherchant à établir son propre pouvoir et son propre contrôle. Bryan est mort peu de temps après, livré derrière lui un monde des enfants divisé et en proie à la confusion et au chaos.

Lors, les membres du Conseil ont été remplacés par d'autres enfants, chacun cherchant à établir sa propre autorité et son propre pouvoir. Mais il n'y a jamais eu de leader aussi grand que Bryan. C'est pourquoi son nom est resté associé à l'ensemble du groupe, bien que le Grand Conseil soit le véritable pouvoir en place.

C'est une organisation très secrète et très puissante, Walter. Ils ont des informateurs dans tous les coins et recoins de notre monde. Ils savent tout ce qui se passe et tout ce qui se dit. Et ils ne tolèrent pas les traîtres ou les dissidents. »

Walter a écouté avec attention, comprenant maintenant les enjeux en jeu. Il a réalisé que son désir de découvrir la vérité pouvait le mettre en danger, mais il était déterminé à poursuivre sa quête.

« Je suis prêt à faire face à tout cela, dit-il. Mais comment puis-je faire pour trouver la vérité sur Bryan et sur le Grand Conseil ? »

Le leader a réfléchi un instant avant de répondre : « Il n'y a qu'un moyen de découvrir la vérité, Walter. Tu dois te rapprocher du Grand Conseil et gagner leur confiance. Mais fais attention, ils sont très rusés et très dangereux. Ne baisse jamais la garde, et ne crois jamais tout ce qu'ils disent. »

Walter ne comprend pas. Il pensait que les cinq enfants devant lui étaient les membres du Grand Conseil ou du groupe qui porte le nom de Bryan. Intrigué, Walter leur pose la question : « Ce n'est pas vous le Grand Conseil ? »

Le plus silencieux et réservé répondit à Walter : « Non par contre tu étais entrains de parler à un d'entre eux il y a très peu de temps. C'est pour cela que ta question nous a surpris ! »

Walter était abasourdi, Sam en qui il avait confiance lui a menti et il est lui-même membre du Grand Conseil du monde des enfants et du groupe Bryan. Walter dit à haute voix : « Sam m'a menti ! »

« Qui est Sam ? » demande un des autres garçon. Walter lui répond : « le garçon avec qui je discutais sur le banc. » Le garçon rétorque à Walter d'un ton moqueur : « Il ne s'appelle pas Sam il s'agit de Yann. C'est le "Y'de Bryan. C'est comme Alice qui est le 'A' de Bryan. »

Après avoir la véritable identité de Yann et réalisé qu'il faisait partie du Grand Conseil, Walter était encore plus déterminé à découvrir la vérité sur Bryan et sur l'organisation secrète. Il décide de suivre les conseils du leader et de se rapprocher du Grand Conseil pour gagner leur confiance.

Walter a commencé à passer plus de temps dans le monde des enfants, cherchant des occasions de rencontrer les membres du Grand Conseil. Il a également cherché à en apprendre davantage sur Bryan et sur la façon dont il avait créé le Grand Conseil. Il a passé des heures à lire des livres sur l'histoire des enfants et à interroger les anciens qui connaissaient Bryan.

Walter avait de plus en plus de doutes sur les membres du Grand Conseil, il savait que cette organisation avait des agents partout et qu'ils pouvaient être dangereux s'ils découvraient ses intentions. Il se rappelait Jake, l'homme qui l'avait fait sortir de prison suite à son arrestation par les Service de Renseignement Intérieur. Jake n'avait pas eu de difficulté à faire sortir Walter de la prison. Maintenant, Walter se demandait s'il était l'un des membres du Grand Conseil.

Walter a commencé à enquêter sur Jake en secret, cherchant à savoir s'il avait des liens avec le Grand Conseil ou avec « Bryan ». Il a utilisé toutes les ressources dont il disposait pour rassembler des informations au sujet de Jake.

Il a commencé par fouiller dans les archives de la ville pour trouver des informations sur Jake. Il a découvert qu'il avait travaillé pour les services de sécurité de la ville pendant plusieurs années avant de rejoindre la Direction Central de la Sûreté Intérieur. Cela a éveillé les soupçons de Walter, car il savait que la Direction de la Sûreté Intérieur était souvent en lien avec le Grand Conseil lu que c'est elle qui dirige les Service de la Sécurité intérieur.

Walter a poursuivi son enquête sur Jake en interrogeant les anciens collègues de celui-ci. Il a appris que Jake était considéré comme un agent exceptionnel, capable de résoudre les cas les plus complexes. Cependant, il avait également la réputation d'être extrêmement secret et réservé.

Walter a poursuivi ses investigations en fouillant dans les archives de la Direction Centrale de la Sûreté Intérieure, espérant trouver des preuves de la participation de Jake au Grand Conseil ou au groupe Bryan. Cependant, il a été surpris de découvrir que Jake n'avait pas de liens directs avec ces organisations secrètes.

Cela a conduit Walter à se demander pourquoi Jake avait décidé de le sortir de prison. Était-ce simplement un acte de bonté ou y avait-il une raison plus profonde derrière cela ?

Walter a finalement décidé de confronter Jake et de lui demander pourquoi il l'était sorti de prison. Il avait besoin de réponses claires et directes pour avancer dans son enquête. Après avoir traqué Jake pendant plusieurs jours, il l'avait finalement trouvé dans un petit café en dehors de la ville.

« Walter ! C'est une surprise de te voir ici », dit Jake en voyant Walter s'approcher de sa table.

« Je suis désolé de te déranger, Jake. J'ai besoin de te poser une question », répondit Walter.

« Je t'écoute », dit Jake en buvant une gorgée de son café.

« Pourquoi m'as-tu sorti de prison ? » demande Walter directement.

Jake a pris une profonde inspiration avant de répondre. « C'était à la demande de Mathilda, la sœur d'Alice. »

« Alice ? Tu veux dire la membre du Grand Conseil ? » s'exclama Walter, incrédule.

Jake hocha la tête. « Oui, Alice est une membre très influente du Grand Conseil. Et Mathilda est ma petite amie. Elle a entendu parler de toi et de ta situation, et elle a insisté pour que je t'aide. »

Walter était stupéfait. Il avait du mal à croire que Mathilda et Jake étaient impliqués avec le Grand Conseil. « Pourquoi Mathilda a-t-elle voulu que tu m'aides ? » demande-t-il.

« Elle voulait simplement te donner une chance de prouver ta valeur », répondit Jake. « Elle croyait en toi, Walter. Et elle avait l'espoir que tu pourrais être un atout pour le Grand Conseil. »

Walter réfléchit un instant. Il savait que les membres du Grand Conseil étaient très méfiants et ne laissait pas n'importe qui rejoindre leurs rangs. Mais il ne pouvait s'empêcher de se demander si Mathilda avait des motivations plus profondes.

« Cela explique pourquoi tu m'as sorti de prison, mais cela ne répond pas à toutes mes questions », dit Walter. « Je veux savoir si tu es impliqué avec le Grand Conseil ou avec Bryan. »

Jake secoua la tête. « Non, je ne suis pas impliqué avec eux. Je travaille simplement pour la Direction Centrale de la Sûreté Intérieure. Mais je ne peux pas en dire plus, Walter. Si Alice découvre que je te parle, j'aurai de gros problèmes. »

Walter comprit que Jake était sincère dans ses réponses, mais il avait encore beaucoup de doutes sur les motivations de Mathilda et du Grand Conseil. Il avait besoin de continuer à enquêter pour découvrir la vérité sur cette organisation secrète. « Je te remercie pour tes réponses, Jake. Je vais te laisser tranquille maintenant. »

Jake a acquiescé. « Fais attention à toi, Walter. Le Grand Conseil peut être dangereux si tu cherches trop à les découvrir. »

Après avoir quitté le café, Walter se dirigea vers sa maison, en réfléchissant à la conversation qu'il avait eue avec Jake. Il était toujours préoccupé par les intentions du Grand Conseil et de Mathilda, la sœur d'Alice. Alors qu'il ouvrait la portière de sa voiture, il entendit une voix familière derrière lui.

« Walter ! »

Walter se retourna et vit Elliot, l'ami fidèle d'Alice, qui s'approchait de lui. Elliot avait toujours été un peu mystérieux et ne s'était jamais impliqué directement dans les affaires du Grand Conseil, mais Walter savait qu'il était très proche d'Alice.

« Elliot ! Qu'est-ce que tu fais ici ? » demanda Walter.

Elliot sourit. « Je suis venu te chercher. Alice veut te voir. »

Walter fronça les sourcils. « Alice ? Pourquoi ? »

Elliot haussa les épaules. « Je n'en sais rien. Elle n'a pas voulu me le dire. Mais elle a insisté pour que je te trouve et que je te conduise chez elle. Tu viens ? »

Walter hésita. Il était curieux de savoir ce qu'Alice voulait, mais il était aussi conscient des risques qu'il courait en se rapprochant du Grand Conseil. Finalement, sa curiosité l'emporte sur sa prudence.

« D'accord, je viens avec toi », dit-il.

Elliot lui fit signe de le suivre et conduisit Walter à travers les rues de la ville. Ils finirent par arriver devant une grande maison en pierre avec des colonnes doriques. Elliot fit entrer Walter et le fit attendre dans le salon.

Walter attendit avec impatience et appréhension. Il ne savait pas à quoi s'attendre, mais il se doutait que cela n'allait pas être facile. Enfin, Alice entre dans la pièce.

« Walter », dit-elle en lui tendant la main. « Je suis content que tu sois venu. »

Walter serra la main d'Alice. « Que se passe-t-il, Alice ? Pourquoi m'as-tu fait venir ici ? »

Alice se tourne vers Elliot. « Merci, Elliot. Tu peux nous laisser maintenant. »

Elliot acquiesça et sortit de la pièce. Alice s'assit en face de Walter et prit une grande inspiration.

« Je voulais te parler de ton enquête sur le Grand Conseil », dit-elle.

Walter se tendit. « Qu'est-ce que tu sais ? »

Alice baissa les yeux. « Je sais que tu as des doutes sur nous. Et je voulais te dire que tu as raison d'être méfiant. Le Grand Conseil est une organisation dangereuse, Walter. Nous avons des ennemis partout. Nous devons être vigilants si nous voulons survivre. »

Walter était surpris par la sincérité d'Alice. Il avait toujours considéré les membres du Grand

Conseil comme des conspirateurs sans scrupules, mais Alice semblait réellement préoccupée.

« Qu'est-ce que tu veux dire ? » demande-t-il.

Alice prit une profonde respiration. « Je veux dire que je ne suis pas une ennemie, Walter. Je veux t'aider à rentrer chez toi, dans ton monde d'où tu es originaire. »

Walter regarde Alice avec un mélange de surprise et d'espoir. « Comment peux-tu m'aider à repartir dans mon monde d'origine ? » demande-t-il.

Alice lui sourit doucement. « J'ai peut-être un moyen de faire ça. Mais pour cela, j'ai besoin de ton aide. »

Walter se redressa dans sa chaise, intéressé. « De quoi as-tu besoin ? »

« Je dois récupérer un objet qui appartenait à Bryan », dit Alice. « Il a été perdu depuis des années, mais je crois savoir où le trouver. Si je réussis à mettre la main dessus, je pourrais peut-être l'utiliser pour te renvoyer dans ton monde. »

« Et comment puis-je t'aider ? » demanda Walter.

Alice baissa les yeux. « C'est là que ça devient compliqué, Walter. Si je veux récupérer cet objet, je vais devoir passer par des canaux illégaux. Je ne peux pas y aller seule. J'ai besoin de quelqu'un en qui j'ai confiance, quelqu'un qui peut m'aider discrètement. »

Walter comprit immédiatement où Alice voulait en venir. « Tu veux que je t'aide à voler cet objet ? »

Alice hocha la tête. « Je sais que ça peut sembler fou, mais je n'ai pas d'autre choix. Et si tu m'aides, je promets de tout faire pour te faire repartir chez toi. »

Walter réfléchit un instant. Il savait que c'était dangereux, mais il voulait vraiment rentrer chez lui. « D'accord », dit-il enfin. « Je t'aiderai. Mais tu dois me promettre que tu feras tout ton possible pour m'aider ensuite. Et que tu me diras tout ce que tu sais sur le Grand Conseil. »

Alice acquiesça. « Je te promets que je ferais tout ce que je peux pour t'aider. Mais tu dois aussi me promettre de ne pas chercher plus d'informations sur le Grand Conseil. C'est trop dangereux, Walter. »

Walter hésita un instant. Il était toujours déterminé à découvrir la vérité sur le Grand Conseil, mais il savait qu'il ne pouvait pas y arriver seul. « D'accord », dit-il enfin. « Je promets de ne pas chercher plus d'informations sur le Grand Conseil. Mais tu dois me promettre de m'aider autant que possible. »

Alice lui sourit. « Je te le promets, Walter. Maintenant, nous devons commencer à planifier notre plan pour récupérer cet objet de Bryan. »

Alice prit une profonde inspiration avant de continuer : « L'objet que nous cherchons se trouve dans la ville que l'on nomme "La Ville des Brigands". C'est un endroit dangereux et illégal où toutes sortes de criminels se rassemblent. Mais je sais que l'objet se trouve sur une étale du marché noir de cette ville. »

Walter fronça les sourcils. « Comment allons-nous nous rendre là-bas ? Et comment allons-nous trouver l'étale sur le marché noir ? »

Alice sourit. « Nous allons devoir utiliser de fausses identités et nous fondre dans la foule. Je sais comment nous pouvons nous procurer ces identités et comment nous pouvons nous rendre dans la ville sans éveiller les soupçons. Quant à l'étal du marché noir, nous allons devoir poser des questions et trouver des contacts dans la ville. Mais je suis sûre que nous y arriverons. »

Walter hocha la tête. « D'accord. Mais je ne suis pas sûr de pouvoir gérer la violence et la criminalité de cette ville. »

Alice posa une main sur l'épaule de Walter. « Ne t'inquiète pas, Walter. Nous serons ensemble et nous nous protégerons mutuellement. Et si tout se passe bien et nous serons rentrés rapidement. Et par la suite, je te promets de faire tout ce que je peux pour que tu puisses repartir vers le monde d'où tu es originaire. »

Walter se sentit rassuré par les paroles d'Alice. « D'accord, je suis prêt à essayer. Mais nous devons être prudents et ne pas nous faire prendre. »

Alice acquiesça. « Absolument. Nous devons être prudents et discrets à chaque étape de notre voyage. » Elle se leva et tendit la main à Walter. « Allons-y, Walter. Nous avons du travail à faire. »

Alice et Walter avaient décidé de se rendre à la Ville des Brigands pour récupérer l'objet de

Bryan qui se trouvait sur une étale du marché noir. Ils savaient que c'était un voyage risqué et qu'ils devaient être prudents. Ils ont donc commencé à préparer leur voyage avec soin.

Tout d'abord, Alice a cherché des informations sur la ville des brigands, en utilisant ses contacts pour avoir une idée de la situation actuelle de la ville. Elle a découvert que la ville était dangereuse et que la violence y était courante. Elle a également appris que les habitants de la ville étaient méfiants envers les étrangers, ce qui signifiait qu'ils devaient trouver un moyen de passer dans les aperçus.

Alice a alors trouvé un contact qui pouvait leur fournir de fausses identités pour leur permettre de passer dans les aperçus. Elle a également acheté des vêtements et des accessoires pour les aider à se fondre dans la foule. Elle a choisi des vêtements simples et discrets, qui ne les feraient pas remarquer. Walter a également été équipé d'un petit couteau, au cas où ils auraient besoin de se défendre.

Ensuite, Alice a programmé leur itinéraire pour arriver à la ville. Elle a choisi un chemin qui évitait les routes principales, car elles étaient souvent contrôlées par les brigands. Ils ont donc décidé de traverser la forêt et de suivre les petits sentiers. Alice a également prévu de se cacher dans la forêt si nécessaire et d'utiliser les chemins de contournement si les routes principales étaient bloquées.

Après avoir préparé leur itinéraire, Alice et Walter ont commencé à préparer leur sac pour leur voyage. Ils ont emporté des provisions pour quelques jours, ainsi que des outils utiles tels qu'une boussole, une lampe de poche et des allumettes. Alice a également fourni une petite trousse de premiers soins, avec des médicaments et des bandages au cas où l'un d'eux se blesserait.

Le royaume imaginaire des enfants.

9 – LE MARCHÉ NOIR.

Avant de partir, Alice a expliqué à Walter qu'il était important qu'ils restent discrets pendant tout le voyage. Ils devaient éviter de se faire remarquer, car cela attirerait l'attention des brigands. Alice a également insisté sur le fait qu'ils devaient toujours rester ensemble, car c'était leur meilleure chance de survie.

Une fois qu'ils ont quitté leur refuge, Alice et Walter ont marché pendant des heures à travers la forêt. Alice avait prévu des arrêts réguliers pour se reposer et manger, afin qu'ils ne soient pas fatigués lorsqu'ils arriveraient à la ville. Ils ont marché de manière prudente, en évitant de ne pas faire de bruit et en évitant les zones où les brigands pourraient être présents.

Finalement, après deux jours de marche, Alice et Walter ont atteint la ville des brigands. Ils ont cessé les entrées principales de la ville et ont plutôt cherché un endroit plus discret pour entrer. Alice a utilisé les fausses identités qu'elle avait obtenues pour passer les gardes de la ville, qui étaient méfiants envers les étrangers.

Une fois dans la ville, Alice et Walter se sont fondus dans la foule en portant leurs vêtements discrets et en évitant les regards. Ils ont cherché l'étal du marché noir où se trouvait l'objet qu'ils cherchaient. Cependant, ils ont rapidement réalisé que cela ne serait pas facile, car les brigands étaient partout et que les rues étaient dangereuses.

Alice et Walter marchaient à travers la foule dense de la ville des brigands, en évitant les regards curieux des habitants.

« Reste près de moi, Walter. Nous devons être prudents ici. » Dis Alice.

« D'accord. Mais comment allons-nous trouver l'objet que nous cherchons ? La ville est immense et les brigands sont partout. »

« Nous devons trouver le marché noir. C'est là que les brigands vendent leurs marchandises illégales. Si nous pouvons y accéder, nous aurons une chance de trouver ce que nous cherchons. »

« Mais comment allons-nous trouver le marché noir ? Nous ne pouvons pas simplement demander à quelqu'un où il se trouve. » Réponds Walter.

« Je sais. Nous devons trouver des indices. Nous devons observer et écouter attentivement pour voir si nous entendons quelque chose qui pourrait nous aider. »

« D'accord, je vais faire attention. »

Alice et Walter ont continué à se faufiler à travers la foule, en surveillant leur environnement. Soudain, Alice a vu un homme échanger de l'argent avec un autre homme dans une ruelle étroite.

« Walter, regarde là-bas. Cet homme a l'air de faire des transactions illégales. Peut-être qu'il peut nous aider à trouver le marché noir. » Explique Alice.

« Comment allons-nous l'aborder ? Nous ne pouvons pas simplement lui demander où se trouve le marché noir. »

« Je vais essayer de l'aborder discrètement. Tu restes ici et surveilles notre environnement. »

Alice s'est approchée de l'homme et a commencé à parler avec lui en chuchotant.

« Excusez-moi, monsieur. Je suis nouvelle dans cette ville et j'ai besoin de trouver quelque chose. Je me demande si vous pouviez m'aider. » Demande Alice d'une petite voix.

L'homme a regardé Alice avec suspicion.

« Et que cherches-tu ? » Interroge l'homme.

« Je cherche le marché noir. J'ai entendu dire que c'est l'endroit où les brigands vendent leurs marchandises illégales. »

L'homme a souri.

« Le marché noir, hein ? C'est un endroit dangereux pour les étrangers. Vous ne devriez pas y aller. »

« Mais j'ai besoin de trouver quelque chose. Je suis prête à prendre le risque. »

L'homme a réfléchi un instant.

« D'accord. Je peux vous aider à trouver le marché noir. Mais cela vous coûtera cher. »

Alice a sorti une petite somme des objets relique de Bryan de sa poche et l'a tendue à l'homme.

« C'est tout ce que j'ai. J'espère que cela suffira. » Dis Alice.

L'homme a pris l'argent et a conduit Alice et Walter à travers les rues étroites de la ville des brigands jusqu'au marché noir. Alice et Walter ont été émerveillés par la variété de marchandises illégales exposées.

Alice et Walter étaient maintenant sur le marché noir de la ville des brigands. Le marché était situé dans une zone peu sollicitée de la ville, caché derrière des bâtiments abandonnés et des ruelles sombres. Les étales étaient faites de bois brut et les objets étaient exposés à même le sol. Le marché était constitué de petits groupes de personnes qui parlaient à voix basse, échangeant des objets dans des sacs et des caisses.

Le marché était bondé d'enfants, chacun avec une pile de jouets à vendre. Les jouets étaient pour la plupart des jouets de bois sculptés à la main, des poupées en chiffon, des cerceaux en bois, des balles de cuir, et des jeux de cartes. Certains enfants vendaient des jouets usagés, tandis que d'autres offraient des jouets neufs encore emballés.

Les enfants étaient tous vêtus de manière simple et sale. La plupart d'entre eux étaient pieds nus, les vêtements déchirés, les cheveux sales et emmêlés. Ils étaient tous très méfiants envers Alice et Walter, des étrangers et des intrus sur leur marché.

Les enfants vendaient également des objets volés, des outils et d'autres marchandises illicites. Certains étals étaient destinés aux produits alimentaires, mais il était clair que la plupart des aliments étaient volés, ou obtenus grâce à des moyens illégaux. Les étals étaient sales et délabrés, sans aucun signe d'hygiène.

Les vendeurs, quant à eux, étaient souvent des enfants vêtus de manière plus élégante que les autres enfants, et semblaient être des membres de gangs criminels. Ils étaient armés de matraque en bois, regardaient de manière méfiante les acheteurs et surveillaient de près les enfants qui vendaient des jouets. Alice et Walter étaient clairement des étrangers, et ils sentaient que les vendeurs les observaient de manière suspecte.

Malgré la dangerosité de l'endroit, Alice et Walter ne pouvaient pas abandonner leur mission. Ils devaient trouver l'objet qu'ils cherchaient et sortir de la ville le plus rapidement possible. Ils se sont donc mêlés à la foule, cherchant discrètement l'étale qui vendait leur objet tant convoité.

« C'est incroyable. Je ne savais pas que l'on pouvait trouver autant de choses ici. » Déclare Alice à Walter.

« Regarde ça, Alice. C'est l'objet que nous cherchons ! »

Walter a attrapé les bras d'Alice et l'a guidée discrètement vers une étale où une jeune fille de 15 ans vendait des objets divers. Sur l'étale se trouvait une petite boîte en bois avec une vitre qui laissait entrevoir la montre de Bryan. Cette boîte était verrouillée par un petit cadenas en métal doré, ajoutant encore plus de mystère à l'objet précieux qu'elle contenait.

La montre de Bryan était une pièce magnifique. Elle avait un bracelet en cuir brun et un cadran en argent gravé de chiffres romains. Le cadran était légèrement éraflé, mais Alice pouvait voir que la montre avait été soigneusement entretenue.

La jeune fille de 15 ans qui vendait la montre de Bryan était petite et mince, avec des cheveux bruns bouclés et des yeux vert brillant. Elle portait une robe en dentelle noire, des bottes en cuir et avait une expression de défi sur le visage. Elle avait l'air beaucoup plus jeune que les autres vendeurs de la rue, mais Alice pouvait sentir la dureté dans ses yeux. Cette jeune fille avait certainement dû vivre des expériences difficiles pour se retrouver à vendre des objets illégaux sur le marché noir.

« Comment pouvons-nous obtenir cette boîte verrouillée ? » demanda Alice à Walter.

« Je vais essayer de parler à la jeune fille et de voir si elle est prête à la vendre. Si cela ne fonctionne pas, nous devrons trouver un moyen de la voler discrètement. Mais nous devons être prudents. Les vendeurs ne nous quittent pas des yeux. » Répondit Walter avec prudence.

Walter s'est approché de la jeune fille avec précautions et engage une conversation. Alice pouvait voir qu'il était en train de gagner le prix de la montre, mais elle ne pouvait pas entendre ce qu'ils disaient. Elle observait soigneusement la jeune fille, tentait de déterminer si elle était de confiance. La jeune fille semblait méfiante et agitée, mais après quelques minutes de négociations, elle finit par remettre la boîte en bois verrouillée à Walter en échange de quelques pièces d'argent.

Alice avait le cœur qui battait la chamade alors qu'ils sortaient rapidement de la foule avec la boîte en leur possession. Ils ont parcouru rapidement les rues, tenté de quitter la ville avant d'être découverts. Finalement, ils ont atteint la lisière de la ville et se sont arrêtés pour reprendre leur souffle.

« Nous l'avons fait ! » s'exclama Alice avec relâchement. « Nous avons trouvé la montre de Bryan ! »

« Mais nous ne sommes pas encore sortis de danger », répondit Walter en essuyant la sueur de son front. « Nous devons nous assurer que nous ne sommes pas suivis. Et nous devons être prêts pour tout ce qui pourrait arriver sur notre chemin de retour. »

Alice regarde la boîte en bois avec inquiétude. « Je n'ai pas la clé », dit-elle à Walter. « Et la jeune fille ne nous l'a pas donnée non plus ».

Walter soupira. « Nous devons retourner sur le marché noir », dit-il. « Nous devons trouver la clé avant de partir d'ici. »

Alice hocha la tête, mais elle était très nerveuse. Retourner sur le marché noir était déjà une épreuve, mais le faire avec la montre de Bryan était encore plus risqué. Ils ont commencé à marcher vers la ville, restant à l'abri des regards autant que possible.

Quand ils sont arrivés sur le marché noir, c'était encore plus chaotique que la première fois. Les enfants vendeurs étaient encore plus agressifs, et les clients semblaient encore plus méfiants. Alice et Walter ont cherché la jeune fille qui leur avait vendu la boîte, mais elle était introuvable. Finalement, ils ont trouvé un autre vendeur, un garçon de 12 ans qui semblait en savoir beaucoup sur le marché noir.

« Je cherche la clé pour cette boîte », dit Walter, montrant la boîte en bois à l'enfant.

L'enfant a souri. « Je peux t'aider », dit-il. « Mais ça va coûter cher. »

Walter a sorti une poignée de petites voitures de son sac et les a mises dans la main de l'enfant. « C'est tout ce que j'ai », dit-il.

L'enfant a accepté les petites voitures avec un sourire narquois et a sorti une petite clé rouillée de sa poche. « Voilà ta clé », dit-il.

Alice a pris la clé et l'a essayée sur le cadenas. Il a fallu un peu de force, mais finalement, le cadenas a cédé. Elle a ouvert la boîte et a sorti la montre de Bryan. Elle a soupiré de relâchement en la regardant, se sentant un peu plus en sécurité maintenant qu'elle était à nouveau en possession de la montre.

Mais alors qu'ils se retournaient pour partir, ils ont remarqué qu'ils étaient entourés d'un groupe de vendeurs d'environs une quinzaine d'années, tous armés de matraques en bois et de couteaux. « Vous ne pouvez pas partir comme ça », dit l'un d'eux, l'un entre eux qui avaient la peau sombre.

Alice et Walter ont échangé un regard, sachant qu'ils étaient pris au piège. Ils n'étaient entourés de toutes parts, avec nulle part où aller. Ils ont lentement sorti leurs armes de poing, se préparant à se défendre.

Alice et Walter se tenaient en alerte, prêts à tout moment à riposter à une attaque imminente. Les vendeurs s'approchaient lentement, encerclant le duo. Alice avait une matraque en métal dans sa main droite, tandis que Walter avait sorti un couteau de sa ceinture. Les vendeurs semblaient méfiants et étaient prêts à attaquer.

« Que veux-tu ? » demanda Walter d'une voix forte et claire.

« Nous voulons la montre », a répondu le chef de la bande avec un sourire sournois.

« La montre nous appartient et il est hors de question de vous la donnée », déclare Alice en montrant la montre dans sa main gauche. « Nous ne la laissons pas partir. »

« Alors vous allez mourir pour elle », réplique le chef en faisant un signe de tête à ses hommes pour attaquer.

Alice et Walter se sont jetés dans la mêlée, utilisant leurs armes pour se défendre contre les vendeurs. La situation était dangereuse et chaotique, avec des coups de couteau et de matraque échangés de chaque côté. Alice a réussi à frapper deux des voleurs avec sa matraque métallique, tandis que Walter a réussi à poignarder un autre. Mais le nombre de vendeurs était supérieur, et les deux héros étaient bientôt submergés.

C'est alors qu'une voix familière retient dans l'air. « Arrêtez ! »

Alice et Walter se retournèrent pour voir leur ami, Jake, le petit-ami de la sœur d'Alice, Mathilda, apparut avec un groupe de gardes de la ville. Les vendeurs, voyant qu'ils étaient en infériorité numérique, commencèrent à reculer lentement, avant de prendre la fuite en courant. Alice, Walter et Jake se sont embrassés, heureux de se retrouver enfin. Les gardes de la ville les ont escortés hors de la zone dangereuse, les protégeant des vendeurs et des autres dangers de la ville des brigands.

Une fois en sécurité, Jake leur a expliqué qu'il avait vu Elliot et que ce dernier était inquiet parce qu'il savait qu'Alice et Walter viendraient dans la ville des Brigands. Elliot avait sollicité l'aide de Jake pour veiller qu'Alice et Walter ne soient pas en danger. Jake avait alerté les gardes de la ville pour avoir une aide pour secourir son ami Walter. Il avait ensuite demandé de les aider à des personnes qui servent d'informateur à la Direction de la Sûreté Intérieur de les retrouver, ce qui les avait conduits jusqu'à eux. Alice, Walter et Jake ont alors entrepris le voyage de retour chez eux, en sécurité cette fois-ci, la montre de Bryan saine et sauve avec eux.

Après avoir été escortés hors de la ville des Brigands, Alice, Walter et Jake se sont arrêtés pour se reposer. Alice s'est tournée vers Jake et lui a demandé un commentaire il savait qu'elle cherchait la montre de Bryan. Jake a baissé les yeux, semblant mal à l'aise.

« Écoute, Alice, je suis désolé, mais je travaille pour la Direction de la Sûreté Intérieure. Elliot m'a contacté parce qu'il était inquiet pour toi et Walter, et je suis chargé de surveiller tout ce qui se passe dans la ville des Brigands. J'ai donc suivi tes mouvements et j'ai découvert que tu cherchais la montre de Bryan. Mais je ne pouvais pas te laisser en danger, alors j'ai contacté les gardes de la ville pour t'aider. »

Alice a regardé fixement Jake, tentant de comprendre ce qu'elle ressentait. Elle se sentait à la fois trahie et reconnaissante. Elle était trahie d'une part parce qu'Elliot n'avait gardé cela secret et d'autre part parce qu'elle pensait qu'elle était surveillée comme si elle était une ennemie de leurs peuples. Mais elle était reconnaissante parce qu'il avait veillé à sa sécurité.

« Je suis content que tu sois venu à notre secours, Jake », a-t-elle dit enfin. « Mais je savais que chercher la montre de Bryan pourrait me mettre en danger, surtout avec Yann et le Grand Conseil qui me cherche. Tu devrais savoir que je suis prête à prendre des risques pour aider ma famille et mes amis. »

Jake a hoché la tête, semblant en comprenant la logique. « Je sais, Alice. C'est une qualité admirable, mais tu dois aussi savoir quand tu mets ta vie en danger. Je suis content que tu sois en sécurité maintenant. »

Alice a souri faiblement, sachant que Jake avait raison. Elle était heureuse d'être en sécurité avec Walter et la montre de Bryan, mais elle savait que cela ne faisait que commencer.

« Et toi, comment va ma jeune sœur Mathilda ? » at-elle demandé à Jake, proposant de changer de sujet.

Jake a souri légèrement. « Elle va bien merci pour elle. Elle était inquiète pour toi aussi, mais je lui ai dit que tu étais en sécurité avec Walter. »

Alice a hoché la tête, sentant une pointe de jalousie à l'idée que sa jeune sœur Mathilda avait quelqu'un pour la protéger. Elle a secoué la tête, tenté de chasser cette pensée.

« C'est bien », a-t-elle dit simplement. « Tu sais, Jake, tu es plus qu'un ami pour moi. Tu es un membre de ma famille maintenant. Et je veux que tu saches que je serai toujours là pour toi, peu importe ce qui se passe. »

Jake a souri et semble touché par les paroles qu'Alice venait tout juste de prononcer puis il dit. « Je sais, Alice. Et moi aussi, je serai toujours là pour toi et Walter. »

Ils se sont souri l'un l'autre, sachant que leur amitié avait été renforcée par les événements qu'ils avaient traversés. Ils ont continué leur voyage de retour chez eux, prêts à affronter ce qui les attendait.

Alice, Jake et Walter sont finalement arrivés à la maison d'Alice, soulagés d'être enfin en sécurité. À leur grande surprise, Elliot les attendait déjà, impatient de les revoir sains et saufs. Ils se sont tous les quatre embrassés, heureux d'être ensemble de nouveau.

Elliot a ensuite demandé comment s'était passé leur voyage à la ville des Brigands, et Alice a commencé à raconter leur aventure, en commençant par leur rencontre avec les vendeurs jusqu'à leur fuite avec l'aide de Jake et des gardes de la ville. Elle a également expliqué comment ils ont finalement trouvé la montre de Bryan et comment ils l'ont ramenée avec eux.

C'est alors qu'Alice a remarqué que Yann, un membre du Grand Conseil, était arrivé chez elle. Elle s'est demandé si c'était une coïncidence ou s'il était venu pour la montre de Bryan. Elle a échangé un regard inquiet avec Elliot, qui semblait partager ses pensées.

Yann a salué toutes les personnes présentes dans la pièce, puis a demandé à Alice si elle avait des nouvelles de la montre de Bryan qui avait disparu depuis plusieurs années. Alice a hoché la tête en faisant signe que non et lui a dit qu'ils ne l'avaient pas trouvé et qu'elle chercherait une nouvelle piste au sujet de la montre ailleurs. Yann a semblé troublé et Alice a remarqué une pointe de suspicion dans son regard.

Elliot a alors décidé de briser la glace en invitant Yann à se joindre à eux pour le dîner. Yann a accepté, mais Alice pouvait sentir une tension palpable dans la pièce. Elle a essayé de rester calme, mais elle était inquiète de ce que cela signifiait pour l'avenir.

Pendant le dîner, ils ont évoqué de tout et de rien, mais Alice pouvait sentir que quelque chose n'allait pas. Elle se demandait si Yann avait des doutes sur leur voyage à la ville des Brigands ou s'il cherchait quelque chose en particulier. Elle a échangé un regard inquiet avec Elliot, qui semblait aussi se poser des questions.

Une fois le dîner terminé, Yann a pris congé, mais avant de partir, il a lancé un regard appuyé à Alice. Elle pouvait sentir ses yeux sur elle alors qu'il quittait la maison, et elle a frissonné en se demandant ce qui allait se passer ensuite.

Une fois que Yann fut parti, Alice, Elliot, Jake et Walter se sont retrouvés dans le salon. Alice était inquiète et elle pouvait sentir que les autres l'étaient aussi.

Elliot a brisé le silence en demandant : « Qu'est-ce que vous en pensez ? Est-ce que Yann connaît la vérité sur la montre de Bryan ? »

Jake a répondu rapidement : « Je ne sais pas. Mais on ne peut pas exclure cette possibilité. Il est dangereux et je suis sûr qu'il ne nous veut pas que du bien. »

Walter a ajouté : « Je suis d'accord avec Jake. Yann est un criminel et je ne lui fais pas confiance. »

Alice a hoché la tête, partageant les

mêmes sentiments que les autres. Elle a réfléchi pendant un moment avant de dire : « Nous devons être prudents. Il est clair qu'il cherche quelque chose et nous ne pouvons pas nous permettre de sous-estimer sa dangerosité. »

Elliot a ajouté : « Je suis d'accord. Nous devons être vigilants et prêts à agir si nécessaire. Nous ne pouvons pas nous permettre de prendre des risques. »

Alice a soupiré, sentant la pression monter. Elle avait déjà beaucoup de problèmes à gérer et l'arrivée de Yann n'avait fait qu'ajouter à son stress. Elle a essayé de se concentrer sur la situation actuelle et de trouver une solution.

Elle a regardé les autres et a dit : « Nous devons travailler ensemble pour trouver une solution. Nous devons trouver un moyen de découvrir ce que cherche Yann et de nous protéger. »

Les autres ont acquiescé en signe d'approbation. Ils savaient que la situation était grave et qu'ils devaient agir rapidement pour se protéger.

La tension était palpable dans la pièce alors qu'ils ont commencé à discuter des prochaines étapes à suivre. Ils savaient tous que la menace de Yann était réelle et qu'ils devaient être prêts à faire face à tout ce qui pourrait arriver.

Alice a repris la parole, supposé entendre qu'elle avait une idée : « Nous pouvons peut-être essayer de cacher la montre de Bryan quelque part où il ne pourra pas la trouver. Nous pouvons la mettre dans un endroit sûr, où il ne sera pas en mesure de la découvrir. Cela pourrait nous donner un peu de temps pour réfléchir à notre prochaine étape. »

Elliot réfléchit à la suggestion d'Alice. « C'est une bonne idée, mais où nous pouvons la cacher ? Nous ne pouvons pas simplement la laisser à la maison ou dans un endroit connu de tous. »

Jake a proposé : « Peut-être pouvons-nous la cacher dans un coffre-fort à la banque ? C'est un endroit sûr et nous pouvons y accéder facilement si nous en avons besoin. »

Walter a ajouté : « Ou nous pouvons la confier à un ami de confiance, quelqu'un qui peut la garder pour nous et la rendre quand nous en avons besoin. »

Alice a acquiescé, reconnaissant la validité

des deux suggestions. « Je pense que ce sont de bonnes options, mais nous devons choisir celle qui est la plus sûre. Nous ne pouvons pas nous permettre de prendre de risques. »

Elliot a ajouté : « Nous devons aussi être sûrs que Yann ne nous suit pas. Nous devons être prudents et ne pas donner d'indices sur l'endroit où nous allons cacher la montre. »

La tension était palpable dans la pièce alors qu'ils ont commencé à élaborer un plan pour cacher la montre de Bryan. Ils savaient que cela ne résoudrait pas tous leurs problèmes, mais c'était un début. Ils devaient travailler ensemble et être prêts à agir rapidement si nécessaire.

Alice a conclu la discussion en disant : « Nous devons agir vite et être prêts à faire face à tout ce qui pourrait arriver. Nous ne pouvons pas nous permettre de sous-estimer Yann. Nous devons être prêts à tout. »

10 – LE DERNIER ESPOIR.

Après avoir discuté des options pour cacher la montre de Bryan à Yann, Alice, Elliot, Jake et Walter ont décidé de la replacer dans le coffret et de le cacher. Mais avant de le faire, ils devaient s'assurer que Yann ne pouvait pas trouver la clé du coffret. Ils ont donc décidé de placer la clé dans une petite boîte qu'ils ont déposée chez la sœur d'Alice.

La petite boîte était en bois et avait la forme d'un cœur. Elle était recouverte d'un papier rose délicat et avait un petit ruban attaché à la serrure. À l'intérieur de la boîte se trouvait un petit coussin en velours rouge qui contenait la clé du coffret. Le coussin était maintenu en place par un ruban de satin blanc.

Après avoir placé la clé dans la boîte, ils ont décidé de la cacher dans un endroit sûr chez la sœur d'Alice. Ils ont choisi un endroit peu évident pour éviter que Yann ne la trouve, même s'il visitait la maison. Ils ont finalement opté pour le fond d'un tiroir de la commode de la chambre d'amis. C'était un endroit sûr et peu susceptible d'être découvert.

Une fois qu'ils ont placé la petite boîte dans le tiroir de la commode, ils ont pris une grande respiration et se sont regardés, soulagé. Ils savaient que c'était loin d'être une solution parfaite, mais cela leur donnait un peu de temps pour trouver une solution plus permanente. Ils ont décidé de continuer à travailler ensemble et de rester vigilants face à la menace de Yann.

Après avoir caché la clé de la montre de Bryan chez la sœur d'Alice, les quatre amis ont commencé à se sentir un peu plus en sécurité, mais ils savaient que leur travail n'était pas terminé. Ils savaient que Yann ne lâcherait pas facilement prise et qu'ils devaient trouver une solution plus permanente pour cacher la montre.

Ils ont décidé de mettre en place quelques mesures de sécurité supplémentaires. Ils ont décidé de mettre en place des tours de garde dans la maison de Mathilda et dans la maison d'Alice, pour surveiller les allées et venues de Yann. Ils ont également mis en place un code pour alerter la police en cas d'intrusion de la part de Yann ou d'un de ses complices.

Mais ils ne s'arrêtèrent pas là. Ils ont également commencé à élaborer un plan de sécurité pour eux-mêmes, sachant que Yann pourrait être dangereux et imprévisible. Ils ont convenu de ne pas se rendre seuls à des endroits. Ils ont également prévu de se rencontrer régulièrement pour discuter de la situation et de leur plan de sécurité. Ils ont également choisi de ne pas garder la montre au même endroit en permanence, mais de la déplacer régulièrement entre plusieurs endroits sûrs.

Avec leur organisation de sécurité en place, ils se sont sentis beaucoup plus en sécurité. Ils ont suivi leur plan de sécurité personnel et ont continué à se rencontrer régulièrement pour discuter de la situation.

Après avoir pris des mesures de sécurité supplémentaires pour protéger la montre de Bryan, les quatre amis ont commencé à enquêter sur Yann pour découvrir pourquoi il était si déterminé à mettre la main sur la montre. Ils ont commencé à fouiller le dossier de Yann à la Direction de la Sûreté Intérieur pour trouver des informations pour en savoir plus sur lui.

Ils ont rapidement découvert que Yann avait des problèmes avec un jeune malfrat de la ville des brigands et qu'il avait été impliqué dans plusieurs affaires de vol par le passé, mais qu'une personne avait cherché à faire disparaître les preuves. Cela leur a fait réaliser que la montre de Bryan n'était peut-être pas la seule chose qu'il voulait. Ils ont donc commencé à rechercher d'autres biens précieux qui pourraient intéresser Yann.

Ils ont également commencé à surveiller les mouvements de Yann et ont remarqué qu'il surveillait la maison d'Alice. Ils ont donc décidé de le prendre en filature pour voir s'il avait des complices ou s'il préparait quelque chose de suspect. Après quelques jours de surveillance, ils ont découvert que Yann avait effectivement des complices et qu'il préparait un cambriolage.

Jake et Walter étaient assis dans le salon d'Alice, discutant de la situation délicate dans laquelle ils se livraient. Ils savaient que Yann et ses complices étaient déterminés à voler la montre de Bryan, qui était actuellement entreposée chez Mathilda, la sœur d'Alice.

« Je suis inquiet pour la sécurité de Mathilda », dit Jake, « Nous devons trouver un moyen de la protéger ».

Walter acquiesça, « Je suis d'accord, mais comment peut-on faire cela ? Nous ne pouvons pas simplement la surveiller 24 heures sur 24. Nous devons trouver un moyen de protéger la montre sans mettre qui que ce soit en danger. »

« Je pense que nous devons surveiller la montre nous-mêmes », proposa Jake. « Nous pouvons nous relayer pour la garder en sécurité jusqu'à ce que Yann abandonne son plan. Nous ne pouvons pas laisser Mathilda être blessée ou la montre être volée. »

Walter réfléchit un instant avant de répondre, « C'est une bonne idée, mais nous devons être prudents. Nous savons tous que Yann est dangereux. Nous ne pouvons pas prendre de risques. »

Jake acquiesça, « Je sais, mais je préfère surveiller la montre nous-mêmes plutôt que de prendre le risque que quelque chose arrive à Mathilda. »

Walter sourit légèrement, « Tu as raison. Nous devons faire la surveillance de la montre ensemble. Nous devons être vigilants et nous assurer que rien ne se passe. »

Jake sourit également, « Je suis content que tu sois d'accord. Nous devons rester unis pour protéger la montre. »

Les deux amis se serrèrent la main et commencèrent à mettre en place leur plan pour surveiller la montre. Ils savaient que la tâche serait difficile, mais ils étaient déterminés à protéger leur ami et son objet précieux.

Malgré leur détermination, ils ne peuvent s'empêcher de ressentir de l'anxiété et de la peur. Ils savaient que Yann était dangereux et qu'ils risquaient leur vie en surveillant la montre. Mais ils savaient également qu'ils devaient tout faire pour la protection de la maison de Mathilda, de Mathilda elle-même et de la précieuse montre de Bryan, quel qu'en soit le prix.

Jake et Walter se relayaient pour surveiller la maison de Mathilda depuis quelques jours déjà. Ils se sentaient stressés et nerveux, sachant que Yann et ses complices pourraient attaquer à tout moment. Mais ils restaient déterminés à protéger la montre de Bryan et la maison de Mathilda.

Un soir, vers vingt-deux heures quarante-cinq, Walter était en train de boire un chocolat chaud avec des guimauves lorsqu'il ressentit un coup violent derrière la tête. Il s'effondre sur le sol, sonné et désorienté. Tout est devenu flou autour de lui et il perd connaissance.

Quelques heures plus tard, Jake arriva pour prendre le relais de Walter. Il fut choqué de trouver son ami inanimé sur le sol. Il s'agenouilla à côté de lui et vérifia son pouls. Heureusement, Walter respirait toujours, mais il était évident qu'il avait été attaqué.

Jake appelle immédiatement Alice et Elliot. Par la suite, il essaie de réveiller son ami. Finalement, après quelques instants qui semblèrent interminables, Walter ouvrit les yeux et regarda autour de lui, encore désorienté.

« Que s'est-il passé ? » demanda-t-il d'une voix faible.

« Tu as été frappé à l'arrière de la tête », répondit Jake en aidant son ami Walter à s'asseoir. « Les secours vont bientôt arriver. »

Walter cligna des yeux, tenté de rassembler ses souvenirs. « Je ne me souviens de rien », dit-il en touchant sa tête meurtrie.

Jake le rassura, « Ne t'inquiète pas, tout va bien maintenant. Nous allons rester ici jusqu'à ce que les autres arrivent et nous allons continuer à surveiller la maison ensemble. »

Walter acquiesça, encore un peu sonné, mais reconnaissant d'être en vie. Il réalisa alors que leur mission de surveillance était plus dangereuse qu'il ne l'avait imaginé et qu'ils devaient être encore plus prudents. Malgré tout, il se sentait déterminé à protéger la montre et à arrêter Yann et ses complices avant qu'ils ne fassent du mal à quelqu'un d'autre.

Walter fouilla frénétiquement dans ses poches, cherchant désespérément quelque chose. Jake, intrigué, lui demanda ce qu'il cherchait.

« Les clés de la petite boîte et du coffret où nous avons caché la montre de Bryan », répond Walter, anxieux. « Je les ai cachées dans l'une de mes poches pour les protéger, mais maintenant, elles ont disparu. »

Jake regarde son ami avec inquiétude. « Tu es sûr que tu les as mises dans tes poches ? », demanda-t-il. « Peut-être que tu les as laissées quelque part ? »

Walter secoua la tête, « Non, je suis sûr de les avoir mises dans mes poches. Je les ai senties quand je suis assis pour boire mon chocolat chaud. Mais maintenant, elles ont disparu. »

Walter se sentait envahi par la culpabilité et la colère. Il avait été chargé de protéger la montre, mais il avait échoué. Maintenant, la montre était en grand danger, et il ne savait pas comment la récupérer sans les clés.

Jake réalisa que cela signifiait que quelqu'un était entré dans la maison et avait volé les clés pendant que Walter était inconscient. Il savait que cela mettait la montre de Bryan en danger.

« Nous devons trouver ces clés », dit Jake en se levant. « Sinon, Yann et ses complices pourraient facilement voler la montre. »

Walter acquiesça, « Je sais. Mais comment allons-nous les retrouver ? Nous avons besoin de ces clés pour protéger la montre. »

Jake réfléchit un instant avant de répondre, « Nous devons fouiller la maison. Peut-être que les voleurs les ont laissées tomber quelque part en s'enfuyant. »

Walter hocha la tête, « D'accord. Nous allons chercher dans chacun des recoins de la maison. Nous ne pouvons pas nous permettre de laisser cette montre entre de mauvaises mains. »

Les deux amis commencèrent à fouiller la maison, examinant chaque pièce, chaque tiroir, chaque meuble. Ils cherchaient frénétiquement les clés de la petite boîte et du coffret où était entreposée la montre de Bryan.

Malheureusement, après plusieurs heures de recherche intensive, ils ne trouvèrent aucune trace des clés. Jake et Walter se regardèrent, découragés et frustrés. Ils savaient que cela signifiait que la montre était maintenant en grand danger.

Jake prit une respiration profonde, « Nous devons continuer à chercher. Peut-être que nous avons manqué quelque chose. »

Walter acquiesça, « Oui, nous devons être méthodiques. Nous ne pouvons pas abandonner. »

Les deux amis continuèrent à chercher, déterminés à retrouver les clés manquantes. Ils savaient que la vie de Mathilda et la sécurité de la montre étaient en jeu.

Soudain, des voix se firent entendre à l'extérieur de la maison. Jake et Walter échangèrent un regard de grand désarroi. Alice, Elliot et Mathilda ont fini par arriver. Jake les accueille et les amène rapidement à l'intérieur. Il explique la situation à leurs trois amis, leur commentaire racontant Walter avait été attaqué par derrière et comment les clés avaient disparu.

Mathilda était bouleversée. La montre était un bien précieux qui appartenait à Bryan, et elle avait été désignée à sa garde. Elle ne pouvait pas imaginer que quelqu'un puisse la voler. Elliot, quant à lui, se mit immédiatement au travail, inspectant la maison à la recherche de toute preuve ou indice qui pourrait les aider à retrouver les clés manquantes. Alice, de son côté, propose de contacter des membres de la Sûreté Intérieur pour signaler le vol et demande de l'aide pour retrouver les coupables.

Pendant ce temps, Jake et Walter continuèrent à fouiller la maison, cherchant désespérément des indices ou des pistes. Mais malgré tous leurs efforts, ils ne trouvèrent rien d'utile.

La tension montait à mesure que les heures passaient. Ils savaient que chaque minute qui s'écoulait augmentait le risque que la montre soit volée ou endommagée. Finalement, Elliot a trouvé un morceau de papier froissé sous le canapé. Il le déplia et le tendit à Jake. C'était une note écrite à la main, avec des instructions détaillées sur la façon d'obtenir la montre. Jake lut la note à voix haute pour que tout le monde puisse l'entendre.

« Si vous voulez récupérer les clés, vous devez apporter la montre à l'endroit indiqué sur cette carte. Si vous contactez les autorités ou essayez de jouer les héros, vous ne reverrez jamais les clés, et nous vous traquerons jusqu'au bout du monde. Vous avez 24 heures pour nous apporter les clés. Ne nous décevez pas. »

Les amis de Mathilda étaient choqués. Ils savaient que c'était une demande exorbitante et dangereuse, mais ils ne pouvaient pas se permettre de perdre la montre. Ils se regardèrent, sachant qu'ils devaient agir vite et avec prudence.

Le groupe était maintenant sous le choc. Ils étaient tous inquiets pour la sécurité de la montre, mais aussi pour leur propre sécurité. Personne ne savait qui était responsable de la note ni pourquoi ils voulaient la montre et les clés. Les amis de Mathilda savaient qu'ils devaient agir vite, mais ils étaient également conscients du danger de cette situation.

Jake prit la parole : « Nous devons nous organiser pour récupérer les clés et la montre, mais nous devons le faire avec prudence. Nous ne savons pas à qui nous avons affaire, et nous ne voulons pas mettre en danger la vie de qui que ce soit. » Tout le monde acquiesça, sachant que Jake avait raison.

Elliot avait un plan. Il savait où se trouvait l'endroit indiqué sur la carte. C'était une zone abandonnée en périphérie de la ville, loin des regards indiscrets. Il savait que c'était dangereux, mais il était prêt à prendre le risque. Les autres membres du groupe hochaient la tête, sachant qu'ils n'avaient pas d'autre choix.

Le groupe s'est mis en route, en direction de l'endroit indiqué sur la carte. Ils étaient tous très nerveux, sachant qu'ils étaient peut-être suivis ou surveillés. Le trajet a été effectué dans un silence tendu, chacun plongé dans ses propres pensées. Finalement, ils sont arrivés à destination.

L'endroit était désolé et abandonné, comme Elliot l'avait décrit. Elliot sort la montre de son sac à dos et la posa sur le sol. Il attend patiemment que quelqu'un vienne les chercher.

Après quelques minutes, un bruit de pas se fit entendre. Un jeune homme apparut correspondant trait pour trait au chef du groupe de brigand qui avait encerclé Alice et Walter au niveau de marché noir dans la ville des brigands.

Ce dernier sorti de l'ombre. Il s'avança vers le groupe et s'arrêta devant la montre. Il l'inspecta minutieusement avant de se retourner vers le groupe.

« Les clés sont à l'intérieur de cette boîte », dit-il d'une voix basse, mais menaçante. « Vous pouvez récupérer la boîte maintenant. »

Jake s'avança prudemment et prit la boîte que l'homme lui tendait. Les clés étaient à l'intérieur, comme promis. Jake remercia l'homme avant de reculer lentement, rejoignant les autres membres du groupe.

Une fois qu'ils étaient en sécurité, Jake ouvrit la boîte pour récupérer les clés. Il la vérifiera soigneusement que c'étaient bien leurs clés, soulagées de constater qu'elle était toujours en bon état. Les amis de Mathilda soupirèrent de réduire en sachant que les clés étaient désormais en sécurité.

Le retour à la maison fut silencieux, chacun plongé dans ses propres pensées. Ils savaient que cette situation n'était pas encore résolue. Les amis de Mathilda savaient qu'ils devaient rester vigilants et continuer à chercher des réponses. Mais pour l'instant, ils étaient soulagés que les clés soient saines et sauves.

Une fois rentré à la maison de Mathilda, le groupe était soulagé d'être en sécurité. Jake, qui avait l'habitude de prendre les devants, a expliqué aux autres membres du petit groupe ce qu'il avait remarqué pendant l'échange : la présence de Yann. Jake ne savait pas si Yann était impliqué dans l'attaque contre Walter, mais il avait le sentiment qu'il était plus que simplement un observateur. Alice, la sœur de Mathilda, soupçonnait même Yann d'être le complice des brigands. Si c'était le cas, alors Yann était encore plus dangereux que ce qu'ils avaient imaginé.

Le groupe se mit alors à discuter pour savoir comment ils allaient récupérer la montre. Ils avaient maintenant toutes les clés, mais ils savaient que les brigands étaient toujours à leur recherche. Ils devaient donc agir rapidement et efficacement.

Jake a suggéré qu'ils attendent la nuit et qu'ils retournent sur le lieu de l'échange. Il propose également d'emmener des armes pour se protéger, mais les autres membres du groupe n'étaient pas d'accord.

Mathilda, la propriétaire de la maison où était cachée la montre, se sentait responsable de la situation. Elle ne voulait pas que ses amis mettent leurs vies en danger pour elle. Elle suggéra donc de contacter le Service de Sûreté Intérieur et de leur remettre les clés. Jake lui explique « Ma princesse, je ne suis pas d'accord avec toi. »

« Et pourquoi cela ? » demande Mathilda.

Jake lui répond « Tous simplement parce que l'on ne sait pas si Yann n'a pas des complices dans le Service de Sûreté Intérieur. »

Alice dit « Désolé Mathilda, mais là je donne raison à Jake. »

Le groupe était maintenant divisé sur la meilleure façon d'agir. Jake et Alice étaient convaincus que la meilleure option était de retourner sur le lieu de l'échange et de récupérer la montre, tandis que Mathilda et Elliot pensaient qu'il serait plus sûr de contacter le Service de Sûreté Intérieur.

Finalement, Jake convainquit le groupe que leur seule chance de récupérer la montre était de l'obtenir elle-même. Il leur a expliqué qu'ils devaient être rapides et efficaces, car les brigands pourraient être sur leurs traces. Cependant, il était également important de ne pas mettre leur vie en danger inutilement, c'est pourquoi il a suggéré de ne pas emporter d'armes.

Le plan de Jake consistait à se rendre sur le lieu de l'échange la nuit, lorsque les brigands seraient probablement moins vigilants. Ils pouvaient agir rapidement, récupérer la montre et partir avant que les brigands ne les repèrent. Les membres du petit groupe acceptèrent le plan de Jake, mais avec une certaine appréhension.

Ils se préparèrent pour leur mission et partirent vers le lieu de l'échange. En chemin, Jake a expliqué à Mathilda et Alice les différentes étapes de leur plan. Une fois arrivés sur place, ils se cachèrent derrière les buissons et attendirent patiemment.

Au bout de quelques minutes, les brigands apparaissent. Ils cherchaient apparemment quelque chose ou quelqu'un et n'avaient pas remarqué la présence du groupe. Jake avait raison, la nuit était leur alliée. Le groupe observait les brigands de loin, jusqu'à ce qu'ils aient trouvé ce qu'ils cherchaient et qu'ils se dirigent vers leurs vélos respectifs.

C'est à ce moment-là que le groupe a décidé d'agir. Ils sortirent de leur cachette et courent vers les brigands. Les brigands, pris au dépourvu, ne purent rien faire pour se défendre. Le groupe récupère la montre et s'éloigna rapidement.

Ils rentrèrent à la maison de Mathilda, soulagés d'avoir accompli leur mission. Ils regardèrent la montre avec admiration, réalisant qu'elle avait une grande valeur historique. Mathilda, émue, remercia le groupe pour leur aide précieuse.

Le groupe célébra leur succès avec un chocolat chaud et des viennoiseries. Ils étaient conscients qu'ils avaient pris un risque en récupérant la montre, mais ils étaient fiers d'avoir réussi à la récupérer sans violence.

Le groupe avait accompli leur mission avec succès, mais ils savaient que leur aventure n'était pas terminée. Ils étaient encore en danger, et il était possible que les brigands cherchent à se venger. Ils devaient rester vigilants et prêts à agir en cas de besoin.

Après avoir décrit leur succès, Alice, Mathilda et Jake se tournèrent vers Walter, qui avait l'air un peu perdu. Alice s'est approchée de lui et lui demanda : « Est-ce que tu sais pourquoi ces clés et cette montre sont très importantes pour nous, mais aussi pour toi ? »

Walter secoua la tête, en regardant Alice avec curiosité. Alice explique alors : « Ces clés et cette montre sont liées à ton retour chez toi. Elles ouvrent les portes qui te permettent de rentrer chez toi, et la montre indique le moment précis où cela doit être fait. »

Walter semble perplexe. « Comment pouvez-vous savoir cela ? » demande-t-il.

Alice sourit. « C'est une longue histoire, mais nous avons rencontré quelqu'un qui nous a expliqué la signification de ces objets. Si tu nous fais confiance, nous pouvons t'aider à rentrer chez toi. »

Walter réfléchit un instant, puis hocha la tête. « D'accord, je vous fais confiance. Mais quelles sont les conditions pour que je puisse rentrer chez moi ? »

Mathilda prit la parole : « Les portes ne s'ouvriront que pendant une heure précise, et nous devrons être là pour t'accompagner. De plus, il y a un sortilège qui empêche toute personne de quitter cet endroit sans autorisation. Nous avons un plan pour le contourner, mais nous devons être très prudents. »

Walter semble un peu inquiet. « Et si quelque chose se passe mal ? Que se passe-t-il si nous ne réussissons pas ? »

Jake intervint : « Nous avons un plan solide, et nous avons réussi à récupérer la montre sans violence. Nous serons prêts à agir en cas de besoin, mais il est important que tu aies confiance en nous. »

Walter hocha la tête. « Je vous fais confiance », dit-il d'une voix ferme.

Mathilda sourit. « Alors c'est décidé. Nous allons nous préparer pour le moment où les portes s'ouvriront. Nous ne pouvons pas manquer cette chance de te ramener chez toi. »

Le groupe se mit alors à planifier les étapes de leur prochaine mission, déterminée à aider Walter à rentrer chez lui. Ils savaient que les enjeux étaient élevés, mais ils étaient prêts à tout risquer pour aider leur nouvel ami.

Alice, Mathilda et Jake se réunissent autour d'une table pour discuter du plan pour se rendre aux « Portes du Voyage sans Retour ». Ils savaient que c'était un endroit dangereux et qu'ils devaient être prêts à tout.

Alice prit la parole en premier : « Premièrement, nous devons nous rendre à la "Colline des Quatre Vents" à l'ouest d'ici. C'est là que se trouvent les portes que nous cherchons. »

Mathilda continua : « Ensuite, nous devrons faire face aux "Hartians". Ils sont redoutables, mais nous avons appris un sortilège qui nous permettra de les passer en sécurité. »

Jake a ajouté : « Une fois que nous avons traversé les "Hartians", nous devrons placer la montre de Bryan sur un socle de cristal bleu. Cela permettra d'activer les portes. »

Alice reprit : « Enfin, nous devrons utiliser les clés. Nous devrons d'abord mettre la clé verte dans la serrure rouge, puis la clé rouge dans la serrure bleue. Il est important de ne pas mettre les clés dans l'une des cinq autres serrures, sinon cela activera une alarme. »

Mathilda posa une question : « Et qu'en est-il de la sécurité autour des portes ? Nous savons que cet endroit est très bien protégé. »

Jake a répondu : « Nous avons également prévu cela. Nous avons élaboré un plan pour éviter les gardes et détourner les pièges. Mais nous devrons être très prudents. »

Alice trouve : « Voilà notre plan. Nous avons travaillé dur pour le mettre en place, mais nous savons qu'il y a des risques. Nous devons être prêts à tout. »

Mathilda ajoute : « Je suis d'accord. Nous devons être prêts à affronter tout ce qui se mettra sur notre chemin. Nous sommes une équipe forte et unie, et nous réussirons ensemble. »

Le groupe se mit alors à discuter des détails du plan, en se préparant pour leur mission. Ils savaient que cela ne serait pas facile, mais ils étaient prêts à tout pour aider Walter à rentrer chez lui.

Alice, Mathilda, Elliot, Jake et Walter s'étaient réunis dans la salle commune de leur quartier général pour préparer leur voyage aux « Portes du Voyage sans Retour ». Chacun d'entre eux avait pris des armes : couteaux, matraques, boucliers et casques pour se protéger en cas d'attaque. Ils avaient également préparé de la nourriture pour leur voyage, sachant qu'ils ne pourraient pas compter sur des restaurants sur leur chemin. Ils avaient des provisions pour plusieurs jours, ainsi que des sacs de couchage et des tentes pour se reposer.

Elliot avait l'air nerveux et inquiet. « Je ne suis pas sûr que ce soit une bonne idée », dit-il. « Nous ne savons pas ce qui nous attend là-bas. Et si quelque chose tourne mal ? »

Alice lui a répondu calmement : « Ne t'inquiète pas Elliot, nous avons un plan solide en place. Nous avons tout prévu et nous sommes prêts à faire face à n'importe quelle situation. Nous sommes une équipe forte et unie, et nous réussirons ensemble. »

Jake renchérit : « C'est vrai, nous avons travaillé dur pour nous préparer à cette mission. Nous savons que cela ne sera pas facile, mais nous sommes prêts à tout pour aider Walter à rentrer chez lui. »

Walter regardait ses amis, appréciant leur soutien, mais l'inquiétude s'insinuait dans son esprit. « Je ne veux pas que vous risquiez votre vie pour moi », dit-il, sa voix trahissant son anxiété.

Mathilda posa sa main sur l'épaule de Walter. « Nous sommes là pour toi, Walter. Nous savons que tu ferais la même chose pour nous si nous étions dans la même situation. Nous allons te ramener chez toi, en sécurité. »

Elliot, les larmes aux yeux, dit : « Je suis désolé. J'aurais dû être plus courageux. C'est juste que je suis inquiet pour nous tous. »

Alice sourit doucement. « Ne t'en fais pas Elliot, nous avons tous des moments de doute et d'incertitude. Mais nous sommes là les uns pour les autres, et c'est ce qui nous rend plus forts ensemble. »

Le groupe se mit à travailler avec diligence pour terminer les préparatifs de leur voyage. Les préparatifs pour le voyage étaient maintenant en plein essor. Alice avait réuni tout le nécessaire pour le voyage, y compris des sacs à dos pour tout le monde, de la nourriture et de l'eau pour plusieurs jours, et une carte détaillée de la région. Les armes étaient également prêtes, chacun des membres du groupe avait un couteau, une matraque, un bouclier et un casque.

Jake, quant à lui, était occupé à vérifier la carte et à étudier les plans. Il voulait s'assurer que le groupe était prêt pour toute protection. Mathilda, de son côté, se consacre à la préparation de la nourriture pour le voyage. Elle avait fourni des barres énergétiques, des fruits secs et des bouteilles d'eau, et avait tout organisé avec soin.

Mais malgré tous les préparatifs minutieux, Elliot semblait toujours inquiet tous comme Walter. Alice remarque l'expression inquiète de Walter et s'approche de lui. « Walter, ça va ? » demande-t-elle doucement.

Walter secoua la tête. « Je ne sais pas, Alice. Tout cela semble si dangereux. Et si quelque chose arrivait à l'un d'entre nous ? »

Alice posa sa main sur l'épaule de Walter. « Nous sommes tous ensemble, Walter. Nous nous protégerons mutuellement, quoi qu'il arrive. »

Les mots d'Alice semblaient rassurer Walter, qui sourit timidement. « D'accord, je fais confiance à l'équipe », dit-il.

Le groupe finit par terminer les préparatifs, et se mit en route vers les Portes du Voyage sans Retour. Ils savaient qu'il y aurait des dangers sur leur chemin, mais ils étaient conscients de leur préparation et de leur force collective.

Le royaume imaginaire des enfants.

11 – LE RETOUR CHEZ SOI.

Le groupe composé d'Alice, Mathilda, Elliot, Jake et Walter s'était lancé dans une aventure risquée en se rendant aux Portes du Voyage sans Retour. Leur voyage avait commencé sur un chemin escarpé, entouré de falaises abruptes et de montagnes majestueuses. Le vent soufflait fort, faisant claquer les tentes et les sacs à dos des voyageurs. Malgré cela, le groupe avançait rapidement, déterminé à atteindre leur destination.

Ils avaient marché pendant des heures sans rencontrer âme qui vive. Les seuls sons qui les accompagnaient étaient le bruit de leurs pas et le souffle du vent. Tout à coup, ils entendent un rugissement terrifiant qui les fit sursauter. Ils sortirent leurs armes, prêts à se défendre contre toute menace. Cependant, il n'y avait rien à l'horizon, à part une vaste étendue de sable et de rochers.

Soudain, une forme apparut au loin. C'était un animal étrange, avec une fourrure rougeoyante et des yeux étincelants. Il avait un air menaçant, mais ne semblait pas agressif. Le groupe a décidé de continuer sa route, restant sur ses gardes.

Plus tard dans la journée, ils sont arrivés à une rivière tumultueuse qui bloquait leur chemin. Ils cherchèrent un moyen de traverser, mais il n'y avait pas de pont en vue. Finalement, ils décidèrent de construire un radeau avec des branches et de la corde, pour pouvoir traverser la rivière. Après plusieurs heures de travail acharné, le radeau fut prêt et le groupe a réussi à traverser la rivière en toute sécurité.

Ils continuèrent leur chemin à travers des plaines désertiques, où les vents soufflaient avec force et où les températures pouvaient être extrêmes. Ils avaient une carte détaillée de la région, ce qui leur permettait de suivre leur itinéraire et de s'orienter sans difficulté.

En chemin, ils croisèrent d'autres animaux étranges, comme des oiseaux avec des ailes en forme de lames et des serpents à deux têtes. Le groupe était fasciné par ces créatures, mais restait vigilant, car ils ne savaient pas à quoi s'attendre.

Le groupe d'Alice, Mathilda, Elliot, Jake et Walter avait parcouru une longue distance depuis leur départ pour se rendent aux Portes du Voyage sans Retour. Ils étaient épuisés et leurs réserves d'eau et alimentaires commençaient à s'épuiser. Cependant, leur inquiétude grandissait à mesure qu'ils réalisaient qu'ils étaient suivis par un groupe inconnu.

Jake était le premier à remarquer des mouvements furtifs dans l'ombre des montagnes qui se dressaient à l'horizon. Il avait une intuition désagréable que ce groupe n'était pas ami avec eux. Il se tourne vers les autres membres du groupe pour leur faire part de ses préoccupations. Alice, Mathilda, Elliot et Walter regardèrent tout dans la direction qu'il indiquait et virent également les mouvements suspects.

Le groupe a décidé de continuer à marcher, mais à un rythme plus rapide et en gardant un œil vigilant sur leur environnement. Ils redoutaient une embuscade et prennent la décision de se répartir les armes disponibles, afin de se tenir prêts en cas d'attaque. Jake considère son arc, tandis que Mathilda avait son poignard à la main. Elliot avait sa hache de combat prête, Alice sa lance et Walter son fouet.

Le groupe continuait d'avancer, mais la tension était palpable. Ils ne parlaient plus beaucoup, sauf pour échanger des signaux discrets pour communiquer leur inquiétude. Ils se rapprochaient de plus en plus de la montagne, où le groupe qui les suivait avait établi sa cachette.

Soudain, une flèche siffla dans les airs, manquant de peu la tête d'Elliot. Le groupe se mit immédiatement en position de combat et répondit à l'attaque en lançant une volée de flèches en direction de leurs assaillants. Ils purent apercevoir momentanément le visage de Yann et celui du chef des brigands qu'ils avaient rencontrés avant leur départ, avant que leur ennemi ne se cache à nouveau derrière les rochers.

La bataille faisait rage, avec des brigands qui sortaient de leur cachette pour attaquer le groupe, mais également avec des oiseaux à lames et des serpents à deux têtes qui semblaient appartenir aux brigands, s'en prenant aux voyageurs. La lutte fut acharnée, mais le groupe d'Alice, Mathilda, Elliot, Jake et Walter, grâce à leur habileté et leur détermination, réussit à repousser les brigands et à se mettre en sécurité.

Le groupe était épuisé et blessé, mais ils étaient soulagés d'avoir réussi à vaincre les brigands et de pouvoir continuer leur voyage vers les Portes du Voyage sans Retour. Ils avaient appris une leçon importante : il ne fallait jamais baisser sa garde, même dans un environnement aussi étrange et mystérieux que celui-ci. Ils se remirent en route, sachant que d'autres dangers les attendaient sur leur chemin, mais avec la certitude que leur détermination leur permettrait de surmonter tous les obstacles.

Ils atteignent finalement leur destination, Les Portes du Voyage sans Retour. C'était une immense arche en pierre, sculptée dans la roche, qui semblait mener vers un autre monde. On pouvait entrevoir derrière l'arche de pierre, une immense porte d'or. Alice explique que d'après ce qu'elle a pu lire sur ce lieu, la porte pèserait une quinzaine de kilogrammes et qu'elle était en or de vingt-quatre carats. Le groupe s'approcha prudemment, en étant conscient des dangers possibles qui les attendaient de l'autre côté de l'arche en pierre. Ils se tinrent prêts à faire face à n'importe quelle situation.

D'un coup, sortis de nulle part, deux Hartians apparurent. Les Hartians sont une race de grand loup à quatre têtes. Leurs travaux sont de garder la porte. Les Hartians étaient imposants, leur fourrure était d'un noir intense et leurs quatre têtes semblaient scruter chaque mouvement du groupe. Les voyageurs se tenaient immobiles, se regardant les uns les autres avec une certaine inquiétude. Ils savaient qu'ils devaient rester calmes et ne pas paniquer, mais il était difficile de ne pas être intimidé par ces créatures imposantes.

Alice prit la parole d'une voix claire et assurée, essayant de communiquer avec les Hartians dans l'espoir de trouver une solution pacifique à leur rencontre. Mais les Hartians ne semblaient pas être intéressés par une quelconque communication. Ils grognaient et montraient leurs crocs acérés, faisant reculer légèrement le groupe.

Mathilda regardait les Hartians avec une expression de crainte mêlée de fascination. Elle était fascinée par la puissance et la beauté de ces créatures, mais elle savait qu'elles pouvaient être extrêmement dangereuses si elles décidaient de les attaquer.

Elliot était en alerte, prêt à agir en cas de besoin. Il avait l'air calme, mais ses muscles étaient tendus, prêts à réagir à la moindre menace. Il gardait un œil sur les Hartians tout en surveillant les alentours pour détecter d'autres dangers possibles.

Jake était nerveux, il avait le regard fixé sur les Hartians, ne sachant pas comment réagir. Il avait entendu parler de la réputation des Hartians, et il savait que leur rencontre était un moment critique qui pourrait déterminer leur sort.

Walter, quant à lui, restait stoïque, observant les Hartians avec une expression imperturbable. Il avait l'air d'être en train de réfléchir à la meilleure façon de gérer la situation.

Au bout de quelques instants, Alice se souvient qu'elle doit utiliser le sortilège pour que les Hartians laissent passer le groupe composé par Alice, Mathilda, Elliot, Jake et Walter.

Alice prit une inspiration profonde et ferma les yeux pendant quelques secondes pour se concentrer. Puis, elle ouvrit les yeux et commença à incanter le sortilège en latin : « Hartiani, qui transit, nos praetermittite. Allos prohibe. » (Hartians, qui passez, laissez-nous passer. Empêchez les autres.) Sa voix résonna clairement dans l'air alors qu'elle lançait le sortilège avec conviction.

Les Hartians semblaient être momentanément désorientés par le sortilège, secouant la tête et grognant. Mais ils finirent par se calmer et se mirent à reculer, puis décide à laisser passer le groupe. Alice avait réussi à utiliser la magie pour commander aux Hartians de les laisser passer et d'empêcher tout autre groupe de suivre.

Mathilda, Elliot, Jake et Walter ont suivi Alice qui marchait d'un pas rapide en direction de la porte en or. Ils passèrent devant les Hartians sans incident, mais ils pouvaient sentir leur regard fixe et menaçant sur eux.

Une fois qu'ils eurent parcouru une certaine distance, Mathilda se tourna vers Alice et la remercia de leur avoir permis de passer en toute sécurité. Elliot lui emboîta le pas et ajouta qu'il était impressionné par son sortilège. Jake avoua qu'il avait eu très peur et qu'il était soulagé de pouvoir avancer.

Walter resta silencieux, mais il avait l'air soulagé aussi. Ils avaient réussi à passer sans encombre grâce à la compétence d'Alice en magie. Ils continuèrent leur chemin en direction de la grande porte, sachant que leur aventure ne faisait que commencer.

Le groupe avançait à grands pas, laissant les Hartians derrière eux. Ils avaient réussi à passer grâce au sortilège d'Alice, mais l'expérience les avait laissés tous un peu secoués. Ils savaient qu'ils étaient loin d'être sortis de danger et que chaque nouvelle étape de leur voyage pourrait être encore plus difficile.

Alors qu'ils s'approchaient de la grande porte en or, leur attention fut attirée par la brillance éclatante de la surface dorée. La porte était massive, mesurant environ 10 mètres de haut et 5 mètres de large. Elle était ornée de motifs complexes et de symboles qui semblaient avoir été gravés avec une grande précision. Les couleurs chaudes et dorées de la porte se reflétaient sur le sol, créant une ambiance presque magique.

Le groupe s'arrêta devant la porte, émerveillé par sa beauté. Mathilda s'approcha de la porte et la toucha doucement avec ses doigts, admirant la texture lisse et froide de la surface. Elliot et Jake se tenaient près d'elle, observant la porte avec une expression de respect.

Walter restait en retrait, observant la porte avec un regard scrutateur. Il semblait réfléchir à la meilleure façon de l'ouvrir, mais il gardait ses pensées pour lui.

Alice observait la porte avec un mélange de curiosité et d'appréhension. Elle savait que la porte pouvait cacher de nombreux dangers et qu'elle devait rester sur ses gardes. Elle se tourna vers le groupe et leur dit : « Nous sommes arrivés à la porte en or. Nous devons maintenant trouver un moyen de l'ouvrir. Restons vigilants et prêts à agir. »

Le groupe se prépara à chercher un moyen d'ouvrir la porte, mais pour l'instant, ils étaient tous émerveillés par sa beauté et Sa Majesté. Ils savaient que leur aventure était loin d'être terminée, mais pour l'instant, ils étaient heureux d'avoir réussi à passer les Hartians et d'arriver à la porte en or.

Alice chercha autour de la porte en or pour trouver le socle en cristal bleu. Elle fouilla les recoins et les coins, inspectant chaque pierre et chaque gravure. Finalement, elle aperçut le socle dissimulé dans l'ombre, caché derrière un pilier massif. Elle s'approcha avec précaution, craignant que quelque chose ne surgisse de nulle part et ne la surprenne.

Le socle en cristal bleu était magnifique, avec une teinte bleu clair et translucide. Il était taillé avec une grande précision, avec des bords lisses et nets. Alice savait que le socle était très important pour leur mission, car c'était l'endroit où ils devaient placer la montre de Bryan pour activer le portail. Elle prit le socle avec précaution, s'assurant de ne pas le briser, et le ramena vers le groupe.

Jake prit la montre de Bryan et la plaça délicatement sur le socle en cristal bleu. Il recula et observa avec émerveillement alors que le socle s'illuminait d'une lueur bleue éclatante. La lumière se répandit dans toute la pièce, éclairant chaque recoin et chaque fissure. Le sol trembla légèrement, et les murs commencèrent à émettre un son étrange et surnaturel.

Mathilda se rapprocha de Jake et lui prit la main, serrant fort pour se rassurer. Elliot fit un pas en avant et posa sa main sur l'épaule d'Alice. Walter resta en retrait, mais il garda les yeux fixés sur le portail en train de s'ouvrir devant eux.

Le portail s'ouvrit dans un éclair de lumière aveuglante, révélant un passage sombre et mystérieux. Le groupe regarda avec appréhension, sachant que leur aventure allait maintenant prendre une tournure encore plus dangereuse. Alice prit une inspiration profonde et dit : « C'est maintenant ou jamais. Allons-y. » Le groupe traversa le portail en un instant, disparaissant dans les ténèbres de l'inconnu.

Le groupe avança dans le couloir sombre, les ténèbres les enveloppant de tous les côtés. Le sol sous leurs pieds était rugueux et irrégulier, comme s'ils marchaient sur des pierres inégales. Les murs étaient humides et froids, avec des traces de moisissure qui suggéraient que personne n'était passé par là depuis longtemps. La seule source de lumière était la lueur bleue qui émanait de la montre de Bryan, mais elle était insuffisante pour éclairer la totalité du couloir.

Le groupe avait à peine parcouru une centaine de mètres quand ils commencèrent à entendre des bruits effrayants. Il y avait des gémissements sourds, des grognements rauques et des cliquetis inquiétants qui semblaient provenir de toutes les directions. Les membres du groupe se crispèrent, certains serrèrent les poings, d'autres resserrèrent leur emprise sur leurs armes.

Ils arrivèrent enfin à une porte en chêne massif qui semblait être la fin du couloir. La porte était haute et large, avec des décorations complexes gravées à la surface. Alice se rapprocha et examina la porte de plus près. Elle remarqua cinq serrures de couleurs différentes, bleues, vertes, rouges, blanc et violet, chacune d'entre elles avait un trou de forme identique.

Ils se mirent à réfléchir, essayant de trouver une solution. Soudain, Walter éclata de rire : « Eh bien, nous avons essayé toutes les autres portes en utilisant la force brute, pourquoi ne pas essayer d'utiliser notre cerveau cette fois-ci ? »

Le groupe sourit, reconnaissant la sagesse des paroles de Walter. Ils commencèrent alors à réfléchir à haute voix, en partageant leurs idées et en les évaluant ensemble. Ils se rendirent compte que chaque couleur était associée à un élément : bleu pour l'eau, vert pour la terre, rouge pour le feu, blanc pour l'air, et violet pour l'esprit.

Jake sortit de son sac les deux clés, une de couleur verte et une de couleur rouge. Alice rappela qu'ils devaient mettre la clé verte dans la serrure rouge et la clé rouge dans la serrure bleue. Elle fit un rapide schéma pour montrer à ses amis la combinaison correcte.

Alice : « Jake, mets la clé verte dans la serrure rouge et la clé rouge dans la serrure bleue, comme ça. » Dit-elle en montrant le schéma.

Mais juste au moment où Jake allait insérer les clés dans les serrures, Elliot prit les clés des mains de Jake, les regardant d'un air satisfait. Tout le monde se figea, choqué par cette soudaine action.

Elliot : « Je suis désolé les gars, mais je suis ici pour vous arrêter. Je travaille pour Yann, et ma mission est d'empêcher Alice de prendre la présidence du Grand Conseil des Enfants. Vous êtes tous impliqués, donc je vais devoir vous emmener avec moi. »

Le groupe fut stupéfait, essayant de comprendre la situation. Alice s'avança, le visage dur et déterminé.

Alice s'avança vers Elliot d'un pas ferme, pour clarifier la situation. « Écoute-moi bien, Elliot, je n'ai aucune intention de prendre la présidence du Grand Conseil des Enfants. Je suis ici pour aider mon ami Walter à rentrer chez lui. Tu as été manipulé par Yann, qui cherche à prendre le pouvoir sur le Conseil. Nous sommes tous innocents dans cette affaire. »

Jake acquiesça et prit la parole à son tour. « Elliot, tu ne comprends pas ce que tu fais. Yann n'est pas ton ami. Il cherche juste à utiliser les autres pour ses propres intérêts. Tu as été trompé. »

Mathilda se joint à la conversation en expliquant plus en détail l'objectif de leur expédition. « Notre mission est de permettre à Walter de rentrer chez lui. Cette porte est le seul moyen pour lui d'y arriver. Nous ne voulons pas de problèmes avec toi, Elliot. Nous sommes juste des enfants innocents qui essaient d'aider un ami dans le besoin. »

Elliot prit un moment pour réfléchir à ce que ses camarades venaient de lui dire. Il réalisa que Yann l'avait trompé et qu'il avait commis une erreur en leur prenant les clés. Il se tourne vers Jake et lui rend les clés, les mains tremblantes. « Je suis désolé les gars, j'ai été aveuglé par mes ambitions personnelles. Yann m'a manipulé pour que je vous arrête. Je regrette ce que j'ai fait. »

Le groupe soupira de relâchement en voyant Elliot changer d'avis. Ils le regardèrent partir, la tête baissée, sachant qu'il avait pris conscience de ses erreurs. Ils s'approchèrent de la porte, insérèrent les clés dans les bonnes serrures et la porte s'ouvrit lentement.

Walter regarde la lueur blanche étincelante sortir de l'ouverture de la porte, puis se tourne vers ses amis avec un sourire triste, mais reconnaissant.

« Merci à tous d'être venus avec moi », dit-il en regardant tour à tour Alice, Jake et Mathilda. « Je ne pourrais jamais oublier ce que vous avez fait pour moi aujourd'hui. »

Alice s'est approchée de lui et le pris dans ses bras, les yeux brillants de larmes. « Nous sommes heureux de t'avoir aidé, Walter. Tu es un ami cher pour nous tous. »

Jake acquiesça, une lueur de tristesse dans ses yeux. « Tu vas nous manquer, Walter. Nous avons passé de bons moments ensemble. »

Mathilda essuya une larme sur sa joue et sourit tristement. « Tu es un véritable héros, Walter. Je ne pourrai jamais oublier ce que tu as fait pour moi. »

Walter sourit, les yeux brillants de reconnaissance et d'émotion. « Je ne pourrais jamais vous accorder assez de reconnaissances pour votre aide, mes amis. Vous avez été incroyables. »

Le groupe resta là un moment, en silence, regardant Walter s'éloigner lentement vers la lueur blanche étincelante. Puis, il se retourne et leur fit un signe d'adieu. « Au revoir, mes amis, nous nous reverrons un jour peut-être », dit-il avant de disparaître complètement dans la lumière blanche.

Le groupe reste là un moment, encore sous le choc de ce qu'ils donnent de vivre, puis se tourne vers la porte maintenant vide. Ils savaient qu'ils avaient accompli quelque chose de grand et qu'ils ne l'oublieraient jamais.

Mary Jones était assise à côté du lit de son fils, les yeux rivés sur lui. Elle remarqua que ses paupières bougeaient légèrement, comme s'il essayait de les ouvrir. Elle se pencha vers lui, l'appelant doucement.

« Walter, mon chéri, peux-tu m'entendre ? », demanda-t-elle.

Walter fit un petit geste de la main, mais ne répondit pas. Mary savait qu'il avait subi de graves blessures lors de son sauvetage et que cela pouvait prendre un certain temps avant qu'il ne se rétablisse complètement. Elle appela le médecin de garde.

Le Docteur Williams entra dans la chambre d'hôpital et salua Mary. Il se dirigea vers le lit de Walter et observa attentivement les signes vitaux de son patient.

« Bonjour, Madame Jones. Comment va Walter aujourd'hui ? », demanda-t-il.

Mary fit partie de ses observations concernant les petits gestes de son fils, et le médecin les nota immédiatement.

« Je vais faire un examen plus approfondi pour voir si Walter a une réaction », dit-il. « Si tout va bien, cela pourrait être un signe encourageant. »

Le Docteur Williams commença à examiner Walter, en vérifiant ses réflexes et son état de conscience. Soudain, il remarque un changement dans l'encéphalogramme de Walter.

« Regardez ici », dit-il à Mary en pointant l'écran. « L'encéphalogramme produit une réaction. »

Mary ne comprit pas tout de suite ce que cela signifiait, mais elle savait que c'était une bonne nouvelle. « Qu'est-ce que cela veut dire ? », demanda-t-elle.

« En termes simples, cela signifie que son cerveau répond aux stimuli », explique le médecin. « C'est un signe positif, mais nous devons rester prudents et continuer à surveiller son état. »

Mary sourit avec reconnaissance. « Merci, Docteur. J'espère qu'il va bientôt se réveiller complètement. »

« Nous souhaitons tous la même chose, Madame Jones », dit le Docteur Williams en souriant. « Nous allons le surveiller de près et faire tout ce que nous pouvons pour l'aider à se rétablir au plus vite. »

Mary remercia le médecin et se tourna de nouveau vers son fils. Elle espérait que Walter se rétablirait bientôt, et qu'ils pourraient tous fêter son rétablissement ensemble.

Après plusieurs heures de surveillance, les signes d'amélioration de l'état de santé de Walter étaient de plus en plus visibles. Il commençait à bouger légèrement ses bras et ses jambes, et il ouvrit finalement les yeux. Mary et John se précipitèrent vers lui, les yeux remplis de larmes de joie et d'espoir.

« Walter, mon chéri, tu es enfin réveillé », dit Mary en l'embrassant sur le front.

Le docteur Williams fut aussitôt averti et arriva en trombe dans la chambre. Après avoir examiné Walter, il lui posa quelques questions pour tester son état de conscience.

« Sais-tu où tu te trouves ? » demande-t-il doucement.

Walter cligna des yeux, tenté de se concentrer. « Je… je ne sais plus trop. Je me souviens juste d'une bagarre à l'école, et après tout est flou. »

Le Docteur Williams lui a expliqué alors qu'il se trouvait à l'hôpital de Slidewater, qu'il avait été dans le coma pendant 25 jours, et qu'il avait subi une blessure à la tête lors de la bagarre à l'école.

Walter regarde autour de lui, confus et inquiet. « Comment ça se fait que j'aie été dans le coma si longtemps ? Est-ce que je vais être bien ? »

Mary et John prirent la main de leur fils, tentant de le rassurer autant que possible. « Tu vas être bien, mon chéri, nous sommes là avec toi », dit Mary en souriant.

Le Docteur Williams leur a expliqué que Walter avait subi un traumatisme crânien important et qu'il allait avoir besoin de beaucoup de repos et de soins pour se rétablir complètement. Il a également besoin d'expliquer que Walter allait avoir de la rééducation pour retrouver ses capacités physiques et cognitives.

Walter semblait inquiet et effrayé, mais Mary et John restèrent à ses côtés pour le rassurer et le soutenir dans sa guérison. « Nous sommes là pour toi, mon fils. Nous allons te soutenir tout au long de ton rétablissement », dit John en souriant.

Walter leur sourit faiblement, reconnaissant d'avoir une famille aimante à ses côtés. Il savait qu'il allait avoir besoin de temps pour se rétablir, mais il était soulagé de savoir qu'il avait des gens sur qui compter pendant cette période difficile.

Petit à petit, Walter commence à se remettre de son coma de 25 jours. Les médecins et les infirmières l'aident à récupérer ses capacités physiques et cognitives, et il progresse chaque jour. Mary et John sont toujours à ses côtés, le soutenant dans son rétablissement, tandis que ses amis et connaissances du lycée lui rendent régulièrement visite.

Un jour, alors qu'un de ses amis sortait de sa chambre, Walter entendit cet ami parler avec un jeune garçon dans le couloir. Walter entendit le prénom de Bryan. Walter était surpris d'entendre le nom de Bryan, un garçon qu'il ne connaissait pas. Il se tourna vers ses parents, qui étaient assis à côté de lui, et leur demande qui était ce Bryan. Mary et John échangèrent un regard perplexe avant que John ne réponde : « Nous ne le connaissons pas, chéri. Mais il est venu te voir tous les jours depuis que tu es ici à l'hôpital. »

Walter était choqué et intrigué. Pourquoi un garçon qu'il ne connaissait pas viendrait lui rendre visite tous les jours ? Il se mit à réfléchir, tenté de se souvenir si jamais il avait entendu parler de ce Bryan avant son coma, mais rien ne lui était venu à l'esprit.

« Je ne comprends pas », dit Walter en secouant la tête. « Je n'ai jamais entendu parler de ce Bryan. »

Mary posa une main réconfortante sur l'épaule de son fils. « Ne t'inquiète pas, chéri. Nous essayons de découvrir qui il est et pourquoi il vient te voir tous les jours. Pour l'instant, tu as besoin de te concentrer sur ton rétablissement. »

Walter hocha la tête, mais l'intrigue le hantait. Pourquoi un garçon qu'il ne connaissait pas viendrait lui rendre visite tous les jours ? Il avait hâte de découvrir qui était Bryan et pourquoi il était si transmis à sa guérison.

Les jours suivants, Walter avait beaucoup d'interrogation au sujet de ce dénommé Bryan et essayait de se souvenir de tout ce qu'il pouvait sur lui. Il demanda à ses amis s'ils connaissaient quelqu'un qui s'appelait Bryan, mais personne ne semblait en savoir plus que lui. Il était frustré de ne pas pouvoir se souvenir de ce garçon mystérieux et il était impatient de le connaître pour découvrir qui il était.

Finalement, après plusieurs jours d'attente, Bryan entre dans la chambre de Walter, souriant timidement. Walter se tourne vers lui, rempli d'émotions contradictoires. Il était heureux de rencontrer enfin ce garçon qui lui avait donné autant de soutien, mais il était aussi confus et intrigué quant à la raison pour laquelle Bryan se souciait autant de lui.

Bryan est un jeune homme de 17 ans avec un visage fin et angulaire. Ses cheveux brun foncé sont coiffés en désordre, donnant l'impression qu'il vient de se lever. Il a une frange qui lui tombe légèrement sur le front. Ses yeux sont de couleur marron foncé, avec une expression vive et intelligente.

Bryan a une taille moyenne et une silhouette mince, mais athlétique, suggérant qu'il est assez actif physiquement. Il a une peau légèrement bronzée, peut-être en raison de beaucoup de temps passé à l'extérieur. Il porte souvent des vêtements décontractés, comme des jeans et des t-shirts.

En regardant plus près, on remarque que Bryan a des cicatrices légères sur son front et sur son menton, indiquant qu'il a peut-être eu des accidents mineurs par le passé. Il a également une petite fossette sur sa joue droite qui devient plus prononcée lorsqu'il sourit.

Globalement, Bryan a un air à la fois confiant et sympathique. Sa personnalité est probablement aussi intéressante que son apparence, avec une intelligence vive et une énergie qui attirent l'attention de ceux qui l'entourent.

« Salut, je suis Bryan », dit le garçon avec un sourire chaleureux.

Walter le salua à son tour, tenté de contenir son excitation et sa curiosité. « Merci d'être venu me voir tous les jours, Bryan. J'apprécie vraiment ton soutien. »

Bryan sourit à nouveau. « Bien sûr, Walter. Nous ne savons pas très bien, mais je sais que tu es une bonne personne et que tu mérites d'être entouré de soutien et d'affection. »

Walter était touché par les paroles de Bryan, mais il était toujours intrigué par leur relation. « Comment nous sommes-nous rencontrés ? » demanda-t-il enfin.

Bryan prit une profonde inspiration avant de répondre : « Eh bien, en fait, nous ne nous sommes jamais vraiment rencontrés avant ton coma. Mais j'ai entendu parler de toi dans un lieu lointain, et j'ai senti que j'avais besoin de t'aider. »

Bryan explique à Walter qu'il a appris à connaître son histoire grâce à une connaissance commune et qu'il a été touché par la manière dont Walter était un bon ami et une personne gentille. Il est venu lui rendre visite tous les jours à l'hôpital, espérant le soutenir dans son rétablissement et lui offrir une amitié. Walter était ému par la dévotion de Bryan et a commencé à nouer une amitié avec lui.

Au fil des jours, Bryan et Walter se sont rapprochés et ont commencé à passer plus de temps ensemble. Bryan a raconté à Walter sa propre histoire et les deux garçons ont découvert qu'ils avaient plusieurs intérêts en commun. Bryan était passionné par la musique et jouait de la guitare, ce qui a beaucoup intéressé Walter.

Les jours ont continué de passer et Walter s'est amélioré à un rythme régulier. Il a commencé à marcher de plus en plus, à retrouver sa force et ses capacités cognitives. Mary et John étaient ravis de voir leur fils reprendre sa vie normale.

Un jour, Walter a reçu une visite de son médecin, qui lui a expliqué que sa guérison avait été rapide et remarquable. Il a également ajouté qu'il était temps pour Walter de commencer sa réadaptation physique à la maison. Mary et John ont été ravis d'apprendre que leur fils allait bientôt rentrer à la maison.

Avant son départ, Walter a remercié chaleureusement Bryan pour son amitié et son soutien. Ils se sont promis de rester en contact et de se voir régulièrement. Walter a également exprimé son souhait de rencontrer la personne qui lui avait parlé de lui à Bryan, mais Bryan a expliqué que cette personne avait demandé à rester anonyme.

Le royaume imaginaire des enfants.

12 – L'APRÈS.

Walter était finalement de retour chez lui après une longue convalescence à l'hôpital. Il était heureux de retrouver sa maison et sa famille, mais quelque chose lui trottait dans la tête depuis plusieurs jours. Il voulait savoir qui avait parlé de lui à Bryan. Il avait demandé à Bryan plusieurs fois, mais celui-ci avait toujours refusé de lui donner le nom de la personne.

Un matin, alors que Bryan venait lui rendre visite, Walter a décidé de poser une nouvelle fois la question. « Bryan, je ne peux pas m'empêcher de penser à cette personne qui a parlé de moi. Pourquoi ne veux-tu pas me dire son nom ? » demande-t-il.

Bryan regarde Walter avec un air hésitant. « Tu sais, Walter, cette personne a demandé à rester anonyme. Je ne veux pas trahir sa confiance. »

Walter fronça les sourcils. « Mais pourquoi est-ce si important pour moi de savoir qui c'est ? »

Bryan prit une profonde inspiration avant de répondre : « Eh bien, ce que je peux te dire c'est que tu as les salutations d'Alice, Mathilda et Jake. »

Walter était choqué. Ces noms lui étaient familiers, mais il ne pouvait pas les associer à des visages. « Que veux-tu dire par là ? » demande-t-il.

Bryan a expliqué que ces noms étaient ceux de ses anciens amis d'enfance. Des amis qu'il n'avait pas revus depuis des années. « Je suis sûr que tu te souviens d'eux, Walter. Ils ont souvent été avec toi il y a peu de temps. »

Walter essaya de se rappeler, mais sa mémoire était encore floue après son coma. Il sentit un mélange d'émotions : de la tristesse, de l'anxiété et de l'espoir. Il voulait revoir ses amis, mais il ne savait pas où les trouver.

« Bryan, est-ce que tu pourrais les retrouver pour moi ? Je veux les revoir, » demanda-t-il.

Bryan sourit. « Bien sûr, Walter. Je ferais tout ce que je peux pour les retrouver. »

Walter se sentait reconnaissant envers son ami et espéra que Bryan pourrait retrouver ses amis. Il avait hâte de les revoir et de retrouver les souvenirs qu'il avait perdus.

k Walter était ravi que Bryan ait accepté de l'aider à retrouver ses amis, mais il se sentait frustré de ne pas se souvenir d'eux. Il a demandé à Bryan de l'aider à les identifier, de lui donner des détails ou des anecdotes pour l'aider à se souvenir de leurs visages.

Bryan a réfléchi un moment avant de répondre : « Walter, je ne pense pas que je pourrais t'aider de cette manière. Tu dois essayer de te souvenir par toi-même. Parfois, des souvenirs peuvent être enfouis dans notre subconscient. Tu pourrais essayer de te rappeler de quelque chose qui est lié à eux. »

Walter a réfléchi un instant avant de hocher la tête en signe d'acquiescement. Il se mit à penser à son enfance, tenté de se rappeler de toutes les personnes qu'il avait rencontrées à cette époque. Peu de temps après, il commença à se souvenir d'un monde étrange qu'il avait créé dans son esprit.

« Bryan, je me souviens maintenant de ce monde étrange. Alice, Mathilda et Jake étaient mes amis imaginaires ! » s'exclame Walter.

Bryan le regarde avec surprise. « Vraiment ? »

Walter sourit. « Oui, je me souviens maintenant. J'ai inventé un monde fantastique où il n'y avait que des enfants. Il n'y avait aucun adulte. J'ai vécu des choses extraordinaires dans ce monde imaginaire. »

Bryan regarda dans les yeux Walter, s'approcha de lui et lui dit d'une voix basse. « Peux-tu m'expliquer si ses trois personnes, Alice, Mathilda et Jake sont des personnes imaginaires, comment m'ont-ils dit de te donner leurs salutations ? »

Walter s'est senti déconcerté par la question de Bryan. Il avait toujours cru que le monde fantastique qu'il avait créé était le fruit de son imagination, mais la mention de ces noms familiers l'avait fait douter. Il se tourne vers Bryan et lui demande : « Je ne sais pas. Peut-être que ce monde que j'ai inventé n'était pas juste dans ma tête. Peut-être que ces personnes étaient réelles. »

Bryan essaie de rassurer Walter. « Ne t'inquiète pas, Walter. Tu viens juste de sortir d'un long coma, il est normal que tu te sentes un peu perdu. Mais je suis sûr que ces personnes n'étaient que des personnages que tu as créés dans ton monde imaginaire. Peut-être que tu as parlé d'eux dans tes rêves ou dans ta confusion après le coma. »

Walter hocha la tête, tenté de comprendre ce qui s'était passé. Il avait tellement de questions, mais il ne savait pas comment les formuler. Finalement, il demanda : « Mais si c'était juste dans ma tête, comment ai-je pu oublier les informations à leur sujet ? »

Bryan réfléchit avant de répondre. « Je pense que cela fait partie des effets secondaires du coma. Tu as peut-être oublié des choses importantes de ta vie, y compris ces amis imaginaires. Mais ne t'en fais pas, tu vas te souvenir de tout avec le temps. »

Walter sentit un mélange d'émotions en lui. D'un côté, il était soulagé que ces personnes n'aient pas été réelles et que sa mémoire ne l'ait pas trahie. D'un autre côté, il se sentait triste de savoir que ce monde fantastique qu'il avait créé n'existait pas.

Il se mit à réfléchir à cette période de sa vie, tenté de se rappeler plus de détails. Peu à peu, il se souvint de quelques souvenirs qui semblaient liés à ses amis imaginaires. Il se tourne vers Bryan avec un sourire sur les lèvres. « Je me souviens maintenant de quelques anecdotes sur Alice, Mathilda et Jake. J'ai hâte de les revoir et de tout leur raconter. »

Bryan sourit en retour. « Je suis content de t'entendre dire ça, Walter. Je vais faire tout mon possible pour les retrouver, je te le promets. »

Walter reste perplexe face aux propos de Bryan. Il n'était pas sûr de comprendre comment retrouver des amis imaginaires dans un monde qui n'existait que dans son esprit. Il demande à Bryan : « Comment peux-tu retrouver Alice, Mathilda et Jake si ce monde fantastique n'était que le fruit de mon imagination ? »

Bryan répond simplement : « Parce que je sais où ils se trouvent. »

Walter est encore plus perplexe. Comment pouvait-il savoir où se trouvaient des personnages imaginaires ? Il demande à Bryan : « Comment peux-tu connaître l'existence de ce monde imaginaire ? »

Bryan répond : « C'est de cet endroit que je viens. »

Walter est étonné. Il ne pouvait pas croire que Bryan vienne d'un monde qu'il avait inventé dans sa tête. C'était trop incroyable pour être vrai.

Il avait tellement de questions à poser, mais il ne savait pas comment les formuler.

Bryan semblait comprendre ce que Walter ressentait. Il lui explique : « Je sais que tout cela est difficile à comprendre, Walter, mais il faut que tu me fasses confiance. Je vais t'expliquer tout ce que tu dois savoir, mais il faut que tu gardes l'esprit ouvert. »

Walter hocha la tête, essayant de rester calme malgré l'excitation et la confusion qui le submergeaient. « D'accord, je vais faire de mon mieux. »

Bryan continua : « Tu te souviens de ce monde fantastique que tu as créé, où il n'y avait que des enfants et pas d'adultes ? Eh bien, il existe réellement, mais pas dans le sens où tu l'entends. C'est un monde parallèle, une réalité alternative où les enfants peuvent vivre sans être confrontés aux difficultés et aux responsabilités de la vie adulte. »

Walter était émerveillé. Il ne pouvait pas croire que son monde imaginaire était réel. Il demande à Bryan : « Comment as-tu découvert ce monde ? Et comment peux-tu y accéder ? »

Bryan sourit. « Je suis un explorateur de mondes parallèles. J'ai découvert ce monde il y a quelques années et je suis retourné plusieurs fois depuis. J'ai même rencontré Alice, Mathilda et Jake. »

Walter était encore plus étonné. Il demanda à Bryan : « Comment sont-ils ? Sont-ils vraiment comme je les ai imaginés ? »

Bryan répondit : « Ils sont exactement comme tu les as imaginés. Et ils t'attendent avec impatience, Walter. Ils ont tellement de choses à te raconter. »

Walter était ému. Il ne pouvait pas croire qu'il allait enfin rencontrer ses amis imaginaires dans la vraie vie. Il se tourna vers Bryan avec reconnaissance et dit : « Je te fais confiance, Bryan.

Je suis prêt à te suivre dans ce monde fantastique. »

Bryan sourit à Walter et lui dit : « Je sais que tu viens juste de sortir d'un long coma, Walter, donc je vais t'expliquer tout en détail. Tu n'auras même pas besoin de te déplacer pour te rendre dans ce monde fantastique. Tout ce que tu as à faire, c'est de fermer les yeux et te concentrer sur ton monde imaginaire. Tu dois te rappeler de chaque détail de ton monde, des couleurs, des odeurs, des sons, de la façon dont les enfants parlent et se comportent. Si tu te concentres assez fort, tu te retrouveras dans ce monde parallèle. C'est très simple, mais il faut être prêt à y croire. »

Walter écoutait attentivement les explications de Bryan, fasciné par ce qu'il entendait. Il se rappelait clairement son monde imaginaire et de tous les détails qu'il avait créé. Il avait tellement hâte d'y retourner et de rencontrer ses amis imaginaires.

Mais soudain, une pensée le frappa : « Comment savais-tu que je cherchais des renseignements sur toi dans ce monde parallèle ? » demanda-t-il à Bryan, un peu nerveux.

Bryan sourit et répondit : « Jake m'a dit qu'un jeune garçon se renseignait sur moi dans ce monde. Jake est un ami fidèle et il voulait s'assurer que tu étais une personne de confiance avant de te donner plus d'informations sur ce monde fantastique. »

Walter était soulagé. Il craignait que Bryan ne soit pas un ami de confiance, mais les paroles de Jake le rassurèrent. Il se rappelait maintenant que Jake était l'un de ses amis imaginaires les plus proches.

« Walter, es-tu prêt à essayer ? » demanda Bryan, en lui tendant la main.

Walter prit la main de Bryan, encore un peu incertain. Mais il se rappela les paroles de Bryan : il devait croire pour que cela fonctionne. Il ferma donc les yeux et se concentra sur son monde imaginaire. Il se rappela chaque détail et de chaque émotion qu'il avait créée.

Quand il rouvrit les yeux, il se trouvait dans un monde merveilleux, rempli de couleurs, de joie et de rires d'enfants. Il était émerveillé par la beauté de ce monde fantastique. Il vit alors Alice, Mathilda et Jake qui accouraient vers lui avec des sourires sur leur visage. Ils l'embrassèrent et lui dirent qu'ils étaient ravis de le revoir enfin.

Walter était rempli de joie et de gratitude envers Bryan. Il ne pouvait pas croire qu'il avait été capable de retourner dans son monde imaginaire et de rencontrer ses amis. Il se sentait enfin libre d'être un enfant, sans soucis ni responsabilités.

Bryan rejoignit Walter, Mathilda, Alice et Jake, qui l'accueillirent chaleureusement. Alice fit un grand sourire à Bryan et le remercia de leur avoir ramené Walter. Bryan répondit simplement : « Je vous l'avais promis, n'est-ce pas ? »

Jake expliqua alors à Walter ce qui s'était passé depuis son départ du monde des enfants. Il lui apprit qu'Alice était devenue la nouvelle présidente du Grand Conseil des Enfants, après que Yann a été banni pour avoir voulu prendre le pouvoir de force. Walter était surpris, mais heureux pour Alice, qui avait toujours été l'une de ses amies préférées.

Mathilda était extrêmement émue de revoir Walter. Elle se mit à pleurer de joie en le serrant dans ses bras. Walter, pensant qu'elle était triste, lui demanda pourquoi elle pleurait. Mathilda lui expliqua alors que ce n'était pas de tristesse, mais de bonheur. Elle lui dit que le temps dans le monde des enfants n'était pas le même que dans le monde réel, et qu'ils avaient tous tellement attendu de le revoir.

Walter était touché par l'affection de ses amis. Il se sentait à nouveau comme un enfant, sans soucis ni responsabilités. Il leur demanda ce qu'ils avaient fait depuis qu'il était parti, et ils se mirent à lui raconter toutes sortes d'aventures incroyables. Walter était fasciné par leurs histoires et riait aux éclats.

Bryan souriait, heureux de voir Walter enfin réuni avec ses amis. Il leur dit qu'il devait partir, mais qu'il reviendrait les voir bientôt. Walter le remercia de tout son cœur pour lui avoir permis de revenir dans son monde imaginaire.

Avant que Bryan ne parte, Walter lui demanda timidement comment il pourrait rentrer chez lui sans que ses parents ne s'inquiètent. Bryan lui répondit simplement qu'il devait faire la même technique que lorsqu'il était venu dans le monde des enfants. Walter acquiesça, mais il avait l'air un peu nerveux à l'idée de retourner dans le monde réel.

Les autres amis de Walter remarquèrent son inquiétude et Jake lui demanda s'il craignait de retourner chez lui. Walter hocha la tête et avoua qu'il appréhendait que tout ce qu'il avait vécu dans le monde des enfants ne soit qu'un rêve et qu'il ne pourrait plus jamais y retourner.

Mathilda posa doucement sa main sur l'épaule de Walter et lui dit avec un sourire encourageant : « Mais tu sais bien que ce n'était pas un rêve, Walter. Tu étais là, avec nous, pendant tout ce temps. Et maintenant que tu es de retour, tu peux revenir quand tu veux ! »

Walter sourit timidement, un peu rassuré par les paroles de Mathilda. Il était encore un peu étourdi après son long coma, mais il se sentait heureux d'être entouré de ses amis. Il avait toujours aimé leur monde imaginaire, où tout était possible et où il pouvait être lui-même sans être jugé.

Il passa les jours suivants à explorer le monde des enfants avec ses amis, redécouvrant des endroits familiers et explorant de nouveaux endroits. Il se sentait comme un enfant à nouveau, émerveillé par tout ce qui l'entourait. Il riait souvent et se sentait libre de toute préoccupation.

Pendant ce temps, ses parents étaient inquiets de son absence et cherchaient partout pour le retrouver. Ils avaient informé la police et distribué des affiches dans la ville, mais personne ne semblait savoir où il était. Ils étaient épuisés et inquiets, se demandant s'ils reverraient un jour leur fils bien-aimé.

Malgré tout cela, Walter était heureux de passer du temps avec ses amis dans leur monde imaginaire. Il avait l'impression de retrouver une partie de lui-même qu'il avait perdue en grandissant. Il se sentait libre et heureux, et il savait que ses amis seraient toujours là pour lui, peu importe ce qui arriverait.

Après avoir passé quelques jours merveilleux avec ses amis dans le monde imaginaire des Enfants, Walter a déterminé qu'il était temps de rentrer chez lui. Il voulait retrouver ses parents et leur dire qu'il était en sécurité, mais il savait aussi qu'il reviendrait bientôt pour revoir ses amis.

Avant de partir, il fit ses adieux à Alice, Mathilda et Jake. Il leur promet qu'il reviendrait bientôt, et qu'il avait hâte de découvrir encore plus de ce monde merveilleux. Ses amis lui firent des câlins chaleureux et lui dirent qu'ils l'attendaient avec impatience.

Walter est arrivé chez lui juste avant le dîner. Ses parents ont été choqués et heureux de le revoir enfin. Ils l'avaient cherché partout et craignaient le pire. Walter leur expliqua alors ce qui s'était passé. Il leur parle de son voyage au Royaume imaginaire des Enfants et de ses amis merveilleux.

« J'ai rencontré Alice, elle est la nouvelle présidente du Grand Conseil des Enfants », dit Walter à ses parents. « Et j'ai retrouvé Mathilda et Jake, mes amis. Ils m'ont raconté toutes sortes d'histoires incroyables, et j'ai même vu des dragons et des licornes ! »

Ses parents écoutaient attentifs, fascinés par l'histoire de leur fils. Ils ne pouvaient pas croire que tout cela était réel. Mais ils pouvaient voir à quel point Walter était heureux et vivant.

« Je sais que cela semble fou », continua Walter. « Mais c'est réel. Je me sens comme un enfant à nouveau, sans soucis ni responsabilités. Je suis heureux d'être de retour, mais je sais que je vais retourner là-bas bientôt. Mes amis m'attendent. »

Les parents de Walter sourient et le serrèrent dans leurs bras. Ils étaient heureux que leur fils soit de retour, mais ils pouvaient aussi voir à quel point ce voyage avait été important pour lui. Ils savaient que Walter avait découvert quelque chose de spécial, quelque chose qui changerait sa vie pour toujours.

Après son retour chez lui, Walter a décidé de reprendre sa vie normale et de retourner au lycée de la ville Slidewater. Il avait des amis là-bas, mais il garda pour lui son histoire et la rencontre avec le Royaume imaginaire des Enfants. Il ne voulait pas que les gens le prennent pour un fou ou qu'il soit la risée de l'école. Il savait que son expérience était quelque chose de spécial, mais il préférait garder cela pour lui-même.

Les jours passaient et Walter s'efforçait de reprendre sa vie normale. Cependant, il avait souvent des coups de blues et se sentait seul et isolé. Il savait que ses amis du Royaume imaginaire des Enfants étaient là pour lui, alors il décida de rendre visite à Alice, Mathilda et Jake de temps en temps. Chaque fois qu'il était triste, il partait pour le Royaume imaginaire des Enfants et retrouvait le sourire.

Il se rendait souvent dans la Forêt enchantée où il avait rencontré pour la première fois Mathilda. Ils avaient de longues conversations sur la vie et les rêves, et Walter adorait écouter les sages conseils de Mathilda. Elle était devenue une sorte de mentor pour lui, et il se sentait chanceux d'avoir une amie aussi sage et attentionnée.

Alice, quant à elle, était toujours en train de courir d'un bout à l'autre du Royaume, s'assurant que tout était en ordre. Elle était le genre d'amie sur qui on pouvait toujours compter, et Walter était heureux de l'avoir retrouvée. Il aimait passer du temps avec elle et l'aider dans ses tâches quotidiennes.

Jake était occupé à diriger la Direction de la Sûreté Intérieur, mais il s'assurait toujours d'avoir du temps à passer avec Walter. Ils aimaient parler de leurs aventures passées et de leurs rêves pour l'avenir. Jake était un ami fidèle et loyal, et Walter se sentait chanceux de l'avoir comme ami.

Un jour, alors que Walter se promenait dans le Royaume imaginaire des Enfants, il vit un visage familier. C'était Bryan, son ami avec qui il partageait leur expérience de vie étrange. Bryan avait également découvert le Royaume imaginaire des Enfants, et ils ont décidé de visiter Alice, Mathilda et Jake ensemble.

Au fil du temps, Walter a appris à vivre avec son expérience unique. Il était toujours un peu triste quand il devait quitter ses amis du Royaume imaginaire des Enfants, mais il était heureux de retrouver sa vie normale. Il savait que peu importe ce qui arriverait, il avait des amis fantastiques à qui parler et avec qui partager ses aventures incroyables. Et il savait qu'il pourrait toujours retourner au Royaume imaginaire des Enfants pour y retrouver Alice, Mathilda, Jake et Bryan.

Le royaume imaginaire des enfants.

À PROPOS DE L'AUTEUR

Roger-Pierre LE GRASSE est un auteur français, né en juin 1981 à Orléans, Loiret. Passionné d'histoire et d'écriture depuis l'enfance, il a écrit et publié plusieurs recueils d'histoire et de manuels sous divers pseudonymes. Son amour pour la fiction est évident dans sa narration engageante et ses mondes imaginatifs.

La passion de Roger-Pierre LE GRASSE pour le domaine audiovisuel est également à souligner. Il admire les œuvres du réalisateur acclamé, Kenneth Johnson, qui a créé des univers emblématiques tels que « V », « Alien Nation » et « Call Me Jimmy 5 ».

Son mélange unique d'histoire, de fiction et de passion pour le média visuel transparaît dans son écriture. Ses œuvres publiées mettent en valeur son talent et sa créativité.

Le travail de Roger-Pierre LE GRASSE est le reflet de ses compétences en écriture, de ses vastes connaissances et de son imagination débordante. Son amour pour l'histoire, combiné à sa passion pour la narration, crée une expérience de lecture unique qui transporte le lecteur dans un temps et un lieu différents.

www.ingramcontent.com/pod-product-compliance
Lightning Source LLC
La Vergne TN
LVHW012044160826
845678LV00014B/2697

9782493146083